Author 지오

Illustration 유우야

악덕 기사단의 노예가
The Slave of the "Black Knights" is
착한 모험가 길드에
Recruited by the "White" Adventurer's Guild as a S-Rank Adventurer
스카우트 되어 S랭크가 되었습니다

5

The Slave of the "Black Knights" is
Recruited by the "White Adventurer's Guild"
as a S Rank Adventurer

CONTENTS

제8장 하얀 야수가 다스리는 땅에서   009

5

Author 지오
istration 유우야

5

악덕 기사단의 노예가
착한 모험가 길드에
스카우트 되어 S랭크가 되었습니다

The Slave of the "Black Knights" is
Recruited by the "White Adventurer's Guild" as a S Rank Adventurer

커버 그림, 본문 일러스트 | **유우야**

제 8 장

하얀 야수가
다스리는 땅에서

The Slave of the "Black Knights" is
Recruited by the "White Adventurer's Guild"
as a S Rank Adventurer

제1화 성검을 찾아서

잠에서 깨니 따뜻하고 부드러운 감촉이 내 머리를 정기적으로 흔들었다. 작은 숨소리가 귓가에 들려왔다.

뭐지, 천국인가?

시선을 돌리니 곁에서 실라가 내 머리를 끌어안은 채 자고 있었다.

(근데 이 감촉은…….)

내 머리에 고동을 전하던 건 실라의 부드러운 가슴이었다.

역시 천국이었군.

극락의 편안함을 느끼면서, 나는 다시 눈을 감고 감촉을 즐기려 했다.

"크억?!"

그 직후 복부에 강렬한 충격이 날아들었다.

뭐지, 지옥인가?

"안녕."

쿠에나가 새빨간 오라가 보일 듯이 나를 째려보고 있었다. 마치 사신이 찾아온 것만 같았다.

역시 지옥이었군.

난 고통을 참으며 몸을 일으켰다.

"제법 진심이 담긴 발차기였는데."

"제법이 아니라 온 진심을 담아 찼어."

쿠에나는 미안한 기색도 없이 대답했다. 몹시 화가 난 모양이었다.

"흐아…… 뭐야~. 무슨 일이야~?"

결국 소란을 못 이기고 실라가 일어났다.

크게 기지개를 켜니 아까 전까지 나를 감싸고 있던 커다란 두 개의 과실이 존재감을 드러내듯이 흔들렸다.

쿠에나의 눈썹이 분노로 움찔거렸다.

"너희, 성검이 사라졌는데 왜 그렇게 태연하게 구는 거야?!"

얼마 전, 실라에게 맡겨뒀던 전설의 검이 돌연 사라지는 사건이 일어났다.

제법 심각한 사태이니 쿠에나의 분노는 지극히 정당했다.

"엥~, 수면은 중요하다고~."

"그래, 아주 중요하지. 난 누구 때문에 요 사흘 동안 거의 못 잤지만!"

결국 태평하던 실라도 움츠러들었다.

"뭐, 진정해. 내가 왜 쿠에나의 집에 묵고 있는지 잊었어?"

"여관 아줌마한테 폐를 끼치지 않으려고."

"응? 아냐, 쿠에나. 지드는 나랑 하룻밤의 실수를 저지르려고 온 거야!"

"뭐?! 너희, 내가 없는 동안에 뭘 한 거야!"

실라의 장난에 쿠에나가 뺨을 빨갛게 물들였다.

훗, 걱정 마. 우리 둘 다 여전히 너처럼 연애 초보자이니까.

침대에서 뒹굴다 잠들었는데, 일어나보니 곁에 실라가 있었을 뿐이다.

하지만 쿠에나의 반응이 재밌으니까 모른 척해야지.

"그런 일보다."

"그런 일이 아니야! 여긴 내 집이라고! 내 집에서 무슨 짓을 하는 거야?!"

쿠에나가 지당한 말을 했다.

논리로는 이길 수 없으니 나는 억지로 이야기를 돌렸다.

"어쩔 수 없잖아. 여관에 계속 있으면 언젠가는 주인에게 폐를 끼칠 게 명백했는걸. 그나마 여긴 일등지라서 기사단이 순찰하잖아. 애초에 A, S랭크 모험가가 모인 집에 쳐들어올 녀석이 있겠냐마는⋯⋯."

"그건 그렇지만⋯⋯!"

"어차피 무턱대고 돌아다녀도 못 찾아. 이미 온 왕도와 인근 숲을 모조리 뒤졌잖아."

"그것도 사실이지만⋯⋯!."

"이만큼 찾아도 없으면 이 근방에는 없는 거야. 그 특이한 생김새를 못 보고 지나쳤을 리도 없고."

"그러면 더 바깥쪽까지 찾아봐야지!"

좋아, 쿠에나의 관심을 다른 곳으로 돌렸다.

"이런 상황에 내가 자꾸 밖을 나도는 건 별로 좋지 않아. 말을 안 했을 뿐이지, 용사가 되기를 거절한 뒤부터 여러 일에 지장이 생기는 중이라고. 솔직히 이대로 가면 검을 찾는 데 방해가 들어와도 이상하지 않아. 이걸 봐봐."

나는 모험가 카드를 꺼내 의뢰란을 열어 그녀들에게 보여줬다.

거기엔 '지명의뢰' '취소'라는 글자가 수없이 늘어서 있었다.

"뭐야 이거~? 누가 장난치는 거야?"

실라가 미간을 찌푸리며 말했다.

"나도 몰라. 몇 번을 받아도 취소되더라."

쿠에나가 팔짱을 끼고 어이없다는 듯 코웃음 쳤다.

"누군지는 몰라도 한가로운 바보네. S랭크 지명의뢰는 수수료만 해도 상당한데, 취소 요금까지 꼬박꼬박 내다니."

확실히 그 말대로다.

아마 지금까지 친 '장난'에 든 비용만으로도 집을 지을 수 있을 것이다.

의뢰인은 한 명이 아니지만, 취소 내역을 합치면 무시할 수 없는 금액이 움직이고 있다.

"그 한가로운 바보들이 최소 몇십 명은 있는 것 같다."

"지드, 길드에 보고하는 게 좋지 않을까?"

실라가 걱정하는 목소리가 부드럽게 울렸다.

물론 길드에 문의하면 대처해줄 것 같긴 하지만.

"……의뢰를 취소하면 수수료 일부가 내게 들어오거든."

""빈틈이 없네…….""

돈은 중요하니까.

숲에 있을 적에는 인연 없는 물건이었지만, 사람들 사이에서는 내 신용에 큰 영향을 끼친다.

물론 그것만이 돈을 모으는 이유인 건 아니지만.

"이런, '진짜 지명의뢰가 필요한 사람이 있을지 모르니 그럴 수는 없다'라고 솔직하게 말하면 더 멋질 것을."

신출귀몰. 갑자기 뒤에서 나타난 리프가 나타나 내 어깨에 손을 얹으며 말했다.

""……가, 간 떨어지는 줄 알았네.""

쿠에나와 실라가 가슴을 쓸어내렸다.

"훗후, 기절했으면 재밌었을 텐데 말이야."

리프는 천진난만한 아이처럼 웃으면서 악마 같은 소리를 아무렇지 않게 했다.

물론 리프도 진심은 아니다. 장난의 범주다.

쿠에나는 그렇게 생각하지 않는 것 같지만.

쾅 하고 아픈 소리가 났다.

"흐갹! 갑자기 때리다니, 너무하지 않은가~!"

"이건 내 집에 불법 침입한 대가야. 그리고 집에 신발 신고 들어오지 마!"

"어이쿠, 이건 내가 실수했구면."

어린이용 신발을 벗으면서 멋쩍게 웃는 리프. 정말 겉만 봐서는 모험가 길드의 길드마스터인 줄 아무도 모를 것이다.

"그래서, 내 집에는 무슨 일이야? 길드마스터도 요즘 이래저래 바쁘잖아. 길드에서 용사 파티를 둘이나 냈으니 당연한 이야기지만."

"둘? 아, 나까지 해서?"

"아니, 지드는 사퇴했잖아. 지금 길드에는 성녀인 스피 말고도 검성 역할에 '별을 떨어뜨리는 자'라는 이명을 얻은 S랭크의 로이터가 있어."

"아, 그렇구나."

로이터란 이름은 나도 들은 적이 있다.

"물론 지드까지 있었으면 길드에서 세 명이 나온 거니 더 엄청난 사건이 됐겠지. 지금도 축제 분위기라는 모양이지만."

"크크, 이 몸의 눈은 확실하니 말이야."

"그만큼 나라의 높으신 분들이 보기엔 위협적이겠지만."

"흠, 길드는 노동자와 사회를 돕는 조직일세. 적어도 표면적으로는."

"표면적으로는, 이라니……."

리프의 실언에 쿠에나가 약간 기겁했다.

"이야기를 되돌리지. 이 몸이 여기에 온 용건은 세 가지일세!"

빠밤~!

어디에서 냈는지 모를 효과음과 동시에 리프가 검지, 중지, 약지를 세웠다.

"첫 번째. 지드여, 다시 묻겠는데, 지명의뢰 접수를 접을 생각은 없는가?"

리프가 검지를 접으며 말했다.

"없어. 장난이라고 해도 하루에 몇 건에서 열 몇 건 정도니까. 익숙해지면 조용해."

"길드로서는 이것만으로도 수익이 나오니 고마운 일이지만…… 정말로 괜찮은가? 잊을만하면 진동이 울어대서 귀찮을 텐데?"

"뭐, 그렇긴 하지만…… 정말로 의뢰하고 싶은 사람이 나타날지도 모르잖아."

그게 내 진심이었다.

장난 때문에 정말 필요한 사람이 방해받는 일은 없어야 한다. 애초에 나를 믿어주는 사람들의 의뢰를 방해하는 것도 분명 장난을 치는 녀석들의 목적 중 하나일 것이다.

"흐음. 굳이 지적하자면 '용사'를 거절한 그대에게 의뢰할 자가 있을지도 불투명하지 않은가?"

"그렇다고 해도."

"크크, 이 몸은 지드의 이런 면이 좋다."

"나도 좋아~!"

리프의 장난에 실라까지 편승했다. 말은 기쁘지만 부끄러움이 더 앞섰다.

"내가 애도 아니고, 그만해."

"좋잖아, 아이라도!"

"그렇다. 그리고 이 몸은 아이이니라."

"이럴 때만 애들 행세라니, 치사하다, 리프……!"

"캇캇카. 그리고 두 번째인데."

리프가 중지를 내리려는데──

"으음…… 이, 이거 생각보다 잘 안 접히는군…….."

"처음부터 약지를 내리면 됐을 것을."

"아, 그렇구먼!"

굉장히 즐거운 듯이 몇 번이고 몇 번이고 반복했다.

결과적으로 중지만 남은 손이 쿠에나에게 향하고 말았다. 두 발째 주먹이 리프를 덮쳤다.

"빨리 두 번째 용건을 말해!"

오늘도 변함없이 쿠에나의 주먹은 매섭다.

"그래서 두 번째인데."

리프가 맞은 곳을 문지르면서 말을 이어갔다. 눈꼬리에는 눈물이 고여 있었다.

"지드가 부탁한 성검의 소재지를 파악했다."

"뭐야. 리프한테 부탁했었어?"

쿠에나가 의외인 듯한 표정을 지었다.

"처음에는 의뢰할 생각이었는데, 지금 내가 의뢰를 해도 받아줄 녀석이 없을 것 않았어."

"그건 그렇겠지. 나와 실라가 해도 마찬가지일 테니."

"그렇다네. 그리고 곤란할 때는 진정으로 의지할 수 있는 사람이 뇌리에 떠오르는 법이지."

리프가 만족스러운 듯이 고개를 끄덕였다.

쿠에나는 리프의 태도가 약간 불만인 듯했지만, 이야기가 틀어지기에 굳이 입 밖으로 내지는 않았다.

"그래서 어디에 있었어?"

"수인족령이니라."

"그게 왜 그런 곳에……?"

쿠에나가 어이없다는 듯 말했다.

"음, 그게 처음엔 왕도 뒷골목의 쓰레기장에 있었다고 하더군. 그걸 주운 불량배가 대장장이에게 팔았고, 그 대장장이는 모험가에게 팔았다고 한다."

"그리고 모험가가 수인족의 영지로 갔다, 이건가. 그럼 현재 소유자는 그 모험가인가?"

"그렇겠지. 하지만 그 검은 아무나 쓸 수 있는 게 아니네. 남들에게는 잡동사니나 다를 게 없지. 즉 그 모험가는 무기조차 잘 모르는 새파란 신참인 걸세. 신원도 이미 알아냈지."

확실히, 무기를 볼 줄 아는 녀석이라면 그 녹슨 검에 자기 목숨을 맡기지는 않겠지.

"생각보다 금방 되찾을 것 같네. 다만 우리가 나서기보다 길드에서 그 모험가를 부르는 게 좋을 것 같은데. 부탁해도 될까?"

그러자 리프가 고개를 저었다.

"그건 어렵구먼. 수인족 길드 지부는 늘 과도한 업무량에 치이고 있네. 사람을 찾아다닐 여유가 없어. 애초에 그건 그들의 업무도 아니고. 현지 모험가에게 부탁해보는 건 어떤가?"

"그건 상대를 지명수배하는 것 같아서 내키지 않아."

"맞아. 애초에 의뢰서에 성검이라고 쓸 수도 없잖아. 더구나 의뢰하더라도 혹여 성검을 노리는 제삼자가 끼어들면 일이 매우 복잡해질 거야."

"결국 우리가 갈 수밖에 없다는 거군."

이런 상황에 밖을 돌아다니고 싶지 않지만, 별수 없다.

"근데 왜 그게 쓰레기장에 있었지? 실라가 방에 보관하고 있었는데?"

도둑이 들었다고 생각하기도 어렵다. 다른 물건은 훔치지도 않았고, 애초에 성검을 노리고 훔쳤다면 쓰레기장에 버릴 리가 없다.

그러자 리프가 한숨을 내쉬고는 입을 열었다.

"실은 성검을 거기 놓은 범인도 이미 알고 있네. 목격자가 있었거든. 성검을 버린 건 바로 실라일세."

"어?! 나, 나?!"

실라가 황당하다는 표정을 지었다.

"그래. 그러니 범인의 말을 좀 들어봐야겠네. 바로 자네가 품은 사검에게 말일세."

"뭐, 소거법으로 생각하면 사검밖에 없지."

쿠에나가 끄덕이며 말했다.

나도 사검이 가장 유력한 용의자라고 생각한다. 범행이 가능한 자 중에 동기를 가진 자는 사검밖에 없다.

"어…… 그게, 사실 나도 요 며칠 동안 얘기를 못 했어. 컨디션이 안 좋은 것 같아서."

놈에게 컨디션이라는 개념이 있는 거냐. 그냥 감각적으로 적당한 단어를 끼운 건가.

"그야 그렇겠지. 자네 몸을 강제로 빼앗는 과정에서 힘을 과도하게 쓴 걸세. 그 반동으로 잠든 것이지."

"빼, 빼앗아?!"

"실라는 사검의 상태를 모르고 있었어?"

"응. 뭘 물어봐도 가르쳐주지 않고. 애초에 이름조차 모르는걸."

"잘도 그런 걸 몸에 들였네……."

실라의 큰 배포에는 놀랄 따름이다.

아니면 아무것도 생각하지 않는 것일 뿐인 걸지도 모른다.

리프가 실라의 어깨를 두드렸다.

"어쨌든, 지드와 쿠에나는 수인족이 있는 곳으로 향하게. 우선 검을 되찾아야지."

"어, 우리 둘이? 실라는?"

"실라는 이 몸이 잠깐 빌리겠네. 저 사검 놈을 밖으로 꺼낼 방법이 있거든."

"에엥! 싫어~. 겨우 지드랑 같이 지내게 됐는데! 나도 수인족 령으로 갈 거야!"

실라가 리프에게서 도망치려 했으나, 리프의 손은 실라의 어깨를 단단히 쥐고 있었다. 겉보기와는 달리 리프는 괴력이 있는 모양이다. 실라가 어린아이처럼 놀아났다.

"성검을 없앤 게 사검 씨라면 내가 책임을 져야 해! 지드를 책임질 거야아아아아~!"

"누가 들으면 오해할 소리 하지 마!"

내가 실라의 입을 막으려 하자 리프가 웃으며 말렸다.

"내가 데려갈 테니 걱정 말게. 그럼 또 보세."

리프는 그대로 실라와 함께 전이 마법으로 사라졌다. 리프도 이번에는 단단히 벼른 모양이었다.

"이상하게 강행이네."

"혹시 우리가 생각하는 것보다 실라가 위험한 상황인 게 아닐까?"

나는 리프가 사라진 자리를 바라보며 말했다.

"리프도 생각이 있겠지. 어쩌면 나나 지드에게조차 말할 수 없는 문제가 있는지도 모르고."

"나한테는 그냥 말해도 될 텐데."

리프는 날 기사단에서 건져준 사람 중 한 명이다. 도움이 필요하다면 언제든지 도와줄 생각이다.

"네가 알면 괜한 일에 끼어들 것 같으니까 그랬겠지. 난 그 기분을 알 것 같아."

"그, 그런 생각을 하고 있었다니……. 쿠에나도 나한테 숨기는 거 있어?"

기분이 침울해진다.

"어, 없어……!"

쿠에나는 약간 부끄럽다는 듯이 대답하더니, 곧장 이야기를 돌렸다.

"그보다, 빨리 가자! 한시라도 빨리 스피한테 성검을 돌려줘야지."

"오, 그리고 보니 쿠에나랑 단둘이 가는 건 오랜만 아니야?"

"……!"

갑자기 펀치가 가슴에 날아들었다.

최근에 이 주먹이 쿠에나의 애교라는 걸 깨달았다.

……거리가 줄어든 건 기쁜 일이지.

나는 크제라 왕도를 걸으며 쿠에나에게 물었다.

"어떻게 가려고?"

"마차를 타야지. 돈만 내면 받아줄 거야."

평소보다 많이 내면, 이라고 쿠에나가 덧붙였다.

평소였다면 목적지까지 호송하는 의뢰를 병행해서 되려 돈을

벌 수 있는데, 저번 사건으로 나는 세간의 신용을 잃었다. 이런 상황에 마차를 타려면 그만큼 더 쳐줘야 한다는 뜻이었다.

"수인족령까지 거리가 어느 정도야?"

"사흘 정도면 도착하겠지. 일단 한 번 가면 네 전이 마법으로 오갈 수도 있을 거고."

"중간에 가로막는 게 아무것도 없다면 가능은 하겠지만, 그만한 거리면 마력 소비가 커서 남발할 수는 없어."

쿠에나와 대화하는 중에도 여기저기서 시선이 날아들었다.

──시선이 따갑다.

직접 덤벼드는 사람은 없지만, 마음이 가시에 찔리는 느낌은 사라지지 않았다.

"사람의 왕래가 적은 길로 갈 걸 그랬네."

쿠에나도 같은 생각을 하고 있었는지, 불쑥 그런 말을 중얼거렸다.

"이 길이 더 빠르잖아."

"그렇기는 하지만."

"그럼 괜찮── 앗."

익숙한 냄새가 콧구멍을 간질였다.

꼬치구이의 냄새였다.

저번에 왕도에 돌아온 뒤로 아직 한 번도 안 먹었구나.

나도 모르게 가게 주인에게 평소처럼 말을 걸 뻔 했으나 쿠에나가 먼저 날 막았다.

하긴, 이런 상황에 찾아가면 아저씨도 곤란하겠군.

속에서 약간 답답한 기분이 올라왔다. 쿠에나의 말대로 차라리 돌아서 갈 걸 그랬다.

그때, 아저씨의 목소리가 들려왔다.

"어이, 지드! 오늘은 안 먹고 가는 거냐? 너는 공짜로 준다니까?"

그러자 옆 가게의 주인이 당황해서 꼬치구이 아저씨를 말렸다.

"어이, 자네! 지금 이 녀석한테 말을 걸었다간……!"

"하, 누가 뭘 하든 내 맘이잖아."

순간, 눈물샘이 느슨해졌다.

평소와 다름없는 목소리다.

옆 가게 아저씨가 말려도 그는 고집을 꺾지 않았다.

"모, 못 알아차렸을 뿐이야. 다섯 개만 줘."

"앙~? 이 자식 코가 이상해졌나? 엄청 좋은 냄새가 온 대륙에 행복을 나르고 있잖아!"

아저씨가 쿡쿡 찔렀다.

조금 아프지만, 그 이상으로 괴로웠던 가슴의 술렁임과 마음의 고통은 사라졌다.

그리고 다섯 개 분의 꼬치를 준비해줬다.

"자, 잘 먹으라고."

"고마워……. 자, 동전 다섯 개."

"돈은 됐다고. 아들을 구해줬을 때 약속했잖아?"

"괜찮아, 받아줘. 내가 계속 무료로 먹으면 가게가 망할지도 몰라."

"이 녀석이⋯⋯. 뭐, 준다고 하면 받아두지."

아저씨가 동전을 소홀한 태도로 받았다.

"그래도 말이야, 아들을 지켜준 보답은 하게 해달라고. 그 녀석
도 고맙다고 전해달라고 부탁했다고. 네가 용사였다면 기회도 있
었겠지만――."

이야기하고 있으니 쿠에나가 내 옷자락을 잡았다.

"슬슬 가야지. 우리가 시간을 끌면 그 모험가가 어디로 갈지
몰라."

"아아, 그렇지. 미안해, 아저씨. 가야 해."

"모험가니까 당연하지. 갔다 와라."

호쾌하게 웃어넘기면서 등을 때렸다.

격려를 받은 것처럼 기분이 좋았다.

"갔다 올게."

기분이 묘한데, 웃음이 새어 나왔다.

"쿠에나, 고마워."

"갑자기 뭐야."

"나랑 있으면 눈총을 받는데도 날 버리지 않았잖아."

"하, 어차피 난 태어났을 때부터 미움받았거든? 이런 일은 익
숙해. 오히려 네가 오고 나서 널 덮치려는 실라를 막는 게 더 힘
들어."

쿠에나가 어깨를 으쓱였다.

"그래도 고마워."

"그럼 실라한테도 말해줘. 걔도 아무 생각도 없는 것 같지만 나름대로 고민하고 있어. 걔도 어려울 때 네게 도움을 받았으니까. 그리고……."

쿠에나는 갑자기 말을 끊고 고개를 저었다.

"아니다. 나머지는 본인에게 들어."

쿠에나는 괜히 말했다 싶었는지 약간 꽁한 표정으로 입을 다물었다.

◇

나무판자가 삐걱이는 소리와 말의 발굽이 대지를 차는 소리가 뒤엉켜서 들렸다.

나는 텅텅 빈 마차의 짐칸에 앉아 마부석에 앉은 쿠에나를 바라보았다.

"마차도 몰 수 있을 줄은 몰랐는데."

그녀는 고삐를 쥐고 유유히 말을 몰고 있었다.

얼핏 보면 별거 아니지만, 사실은 그렇지 않다.

"호위 의뢰 도중에 의뢰인이 다친 적이 있었거든. 그때 나도 배워두는 게 좋겠다고 생각했지. 먼 거리를 가려면 대체로 말을 타니까."

"대단하네. 혹시 만능인인가?"

"무슨, 호들갑은."

쿠에나는 쑥스러운 듯 대꾸했다.

보다시피, 우리는 결국 마차를 태워줄 사람을 구할 수 없었다.

결국 어찌어찌해서 병으로 쉬는 사람에게 돈을 주고 마차를 빌렸다.

"지드는 수인족에 대해 얼마나 알고 있어?"

수인에 관해서는 도서관에서 얼추 보고 왔다. 그들은 인간과 교류가 활발하기에 정보를 구하기 어렵지 않았다.

"'최고전사'라는 녀석이 전체를 다스린다는 것과. 지금의 최고 전사가 오이토마라는 녀석이라는 것."

"맞아, 그가 지금 수인들 사이에서 가장 많은 지지를 받고 있지. 그 밑으로는 '수호자'들이 있는데, 모두 강해. 이들도 수인 사회에서는 상류층에 들어가."

"아, 그런 내용도 있었던 것 같다. S랭크의 실력자라던데."

"수호자 출신도 아닌데 S랭크에 달하는 자도 있을 정도니까. 우리가 향하는 '오헤마스'는 수도니까, 그런 자들과 마주칠 일이 있지 않을까."

쿠에나가 미간을 찌푸리며 한숨을 내쉬었다.

그다지 만나고 싶지 않은 모양이었다.

"그 정도야? 지난번의 S랭크 시험에 수인은 한 명도 없었는데……?"

"그야 그들은 시험을 따로 치니까. 기준은 같은 모양이지만."

"아 그래서 못 본 거구나. 그럼 인간과 수인 중 어느 쪽이 S랭크가 더 많아?"

"그건 인간이 더 많을 수밖에 없어. 수인족의 도시에 모험가 길드가 생긴 건 한참 나중이었거든."

"역시 박식하네."

"S랭크를 목표로 삼고 있으니까."

쿠에나는 대수롭지 않다는 듯 말했다.

내가 보이게 아마 큰 변수가 없다면 다음 시험에는 틀림없이 S랭크에 이를 것이다.

애초에 나나 필이 도중에 끼어들어서 이렇게 됐을 뿐이지, 쿠에나는 가장 유력한 S랭크 후보였다.

"근데…… 거기서도 내 신분을 감춰야 하려나? 가면이라도 하나 사 올 걸 그랬네."

"왜? 용사 건 때문에? 의미 없어. 가면을 써도 어차피 냄새로 들키니까. 얼굴을 가리는 게 오히려 인상이 나쁠걸. 수인족은 정체를 감추는 수상한 외부인은 받아들이지 않아."

"흐음."

"걱정되면 나 혼자 가도 되는데?"

문득 쿠에나가 그런 말을 했다.

"그건 내가 싫어."

"괜찮겠어? 그러다가 무슨 일 있으면 어쩌려고."

"그 말대로, 가서 무슨 일이 있을지 모르잖아. 난 쿠에나가 다치는 꼴은 못 봐. 그럴 바에는 차라리 나 혼자 가겠어.”

“아니…….”

쿠에나가 입가를 가리고 나에게서 시선을 돌렸다.

“왜? 내가 이상한 말이라도 했어?”

“해, 했잖아, 방금…….”

“엉?”

“난 모험가야. 결국 다칠 때는 다쳐. 난 평생 남을 상처도 이미 각오했는걸.”

“그게 싫어. 쿠에나가 상처 입을 바에는 내가 다칠 거야.”

“그, 그게 이상하다는 거야!”

쿠에나가 살짝 부끄러워하며 말했다.

“내 목표는 너와 어깨를 나란히 하는 거란 말이야…….”

쿠에나의 각오를 무시한 건 아니지만…… 굳이 더 언급하지 않는 편이 좋을지도 모르겠다.

“알겠어. 그럼 오헤마스까지 곧장 가자.”

“……지드, 이번에는 귀찮은 일에 말려들지 마.”

“약속할………… 크흠, 온 힘을 다해서 노력할게.”

“너…….”

“아니, 곤경에 처한 사람이 있을 때 ‘이상한 일에 말려들면 어떡하지’ 하고 망설일 수는 없잖아…….”

“큭큭. 뭐, 알겠어. 그래야 지드지. 난 그런 면이 좋더라.”

“어, 어어…… 고마워…….”

쿠에나치고는 드물게도 솔직하게 좋다고 했다. 예상 밖의 기습에 나는 당황했다.

"……잠깐만. 역시 지금 한 말 취소."

"왜?!"

"부끄러우니까!"

"그럼 안 부끄러워질 때까지 말하자!"

"시, 시끄러워! 수인족령까지 걸어서 가고 싶어?!"

"이제 막 출발한 참인데?!"

쿠에나와 이야기하다 보니 시간은 순식간에 지나갔고, 우리는 며칠 만에 수인족령에 도착했다.

제2화 수도 오헤마스

나와 쿠에나는 마차에서 내려 눈앞의 경치를 바라보고 있었다.

"여기가 수도라고?"

"감상이 어때?"

쿠에나가 옆에서 물었다.

"내가 생각했던 도시랑 다른데?"

성벽같이 외부의 적을 막는 벽이 전혀 없다.

오로지 민가가 있을 뿐이었다.

"수인족은 힘을 중시하니까, 외부의 적을 두려워하지 않아."

여기에 올 때까지 숲을 지나왔는데, 마물이 많이 살고 있었다. 나도 몇 차례 습격당했다.

그런데 그 숲 바로 옆에 있는 오헤마스는 마물 습격을 조금도 신경 쓰지 않았다.

"아무리 힘이 중요해도 매번 싸울 수는 없잖아? 하다못해 벽은 있어야 하지 않아?"

"그들에게는 그것조차 필요 없다는 의미겠지."

"오우…… 무섭네."

자연스럽게 그런 말이 나왔다.

"뭘 모르네. 여기서는 힘이 중요하다니까? 힘이 남아도는 너에게는 그야말로 천국이잖아. 설마 잘 때 누군가 와서 목을 베어가는 그림을 상상한 건 아니지?"

"그게 아니라…… 나는 강해지는 게 절대적 가치인 상황에 특별한 기억이 있어서 말이지……."

"혹시 경쟁이 무서워?"

쿠에나가 내 얼굴을 들여다봤다. 눈동자 속에는 걱정스러운 빛이 보였다. 분명 동요하고 있던 것을 간파당했을 것이다.

나는 숲에 있던 시절을 떠올렸다.

"숲에 있을 적에는 강해지지 않으면 죽을 뿐이었거든. 이곳도 비슷하다는 말을 들으니 숨이 막힐 것 같아."

"숲에서처럼 서로 죽이려 들지는 않겠지……. 수인족은 그렇게 함으로써 번영하고 있어. 애초에 인간이나 마족도 온갖 걸로 경쟁하며 살잖아."

"……뭐, 그렇지."

쿠에나의 말을 듣고 조금 진정했다.

"그럼 여긴 사람도 많아서 찾기 어려울 테니까, 우선은 길드 지부에 가서 탐문을——."

말을 하다가 쿠에나가 시선을 멈췄다.

나도 이끌려서 시선 끝을 보니, 너덜너덜한 검을 가진 모험가가 바로 옆을 지나고 있었다. 아직 젊은 소년이었다.

그나저나 검이 몹시 익숙한데.

"여기 있네!"

"으엇!"

모험가가 내 목소리에 깜짝 놀라 쳐다봤다.

큰일이다. 무심코 놀라게 해버렸다. 이러다 도망가버리면 일이 성가시게 된다.

"아, 놀라게 해서 미안. 사실 내가 얼마 전에 검을 잃어버려서 찾고 있는데, 그거랑 똑 닮았거든. 괜찮다면 잠깐 보여줄 수 없을까?"

가능한 한 온화한 말투로 말을 걸었다.

소년은 눈을 크게 뜨고 깜빡였다.

이런, 역시 의심을 샀나.

"오오오, 지드 씨가 아니십니까!"

소년이 감격했다는 듯 말했다.

"아, 죄송합니다! 너무 감격한 나머지. 그, 항상 활약하시는 걸 보고 있습니다! 검은 얼마든지 살펴 보세요!"

소년이 검을 쑥 내밀었다.

"어? 고, 고마워."

당혹스럽다. 마치 동네 강아지가 마구 따르는 느낌이다.

내 얼굴을 보고 도망치는 것보다는 좋지만.

용사 사건 때문에 말조차 안 들어줄 수도 있다고 각오한 터였는데, 잘된 일이었다.

"잘됐네, 지드. S랭크 모험가, 그야말로 동경의 대상인걸~."

쿠에나가 옆에서 작은 목소리로 비꼬듯이 말했다.

그만둬. 나쁜 짓을 하는 것도 아닌데, 왠지 꺼림칙한 기분이 들잖아.

"그래서, 어때? 진짜야?"

"어어, 그런 것 같아."

내가 만지자 성검을 감싸고 있던 녹 일부가 후두둑 떨어졌다.

어떻게 된 구조인지, 깨끗한 칼날이 살짝 엿보였다. 그래도 한 번은 용사로 선택받았다고, 나에게 반응하는 건가?

"음, 역시 내가 찾던 검이야. 미안하지만 나는 이게 꼭 필요해. 내게 팔면 안 될까?"

"예? 어떻게 제가 지드 씨에게 돈을 받겠습니까. 필요하시다면 가져가세요!"

"어어, 아니. 그러면 내가 미안한데. 차라리 내가 다른 검을 구해줄게."

고의는 아니지만 어쨌든 내가 잃어버렸고, 성검은 버려져 있었다. 누군가 그걸 주워서 팔고 샀다면, 그냥 가져갈 수는 없는 노릇이다.

애초에 이 소년도 아무것도 모르고 샀을 테고.

내가 이대로 억지로 빼앗으면 단순한 피해자가 될 것이다.

"잠깐……."

쿠에나의 손짓에 나는 뒤늦게 상황을 깨달았다. 어느샌가 수인족에게 둘러싸여 있었다.

아무래도 대화에 너무 집중해버린 모양이다.

"그 검, 내가 가져가도록 하지."

사자의 귀와 꼬리, 탄탄한 체격에 큰 키, 뾰족한 눈을 가진 수인이었다. 낮고 무게 있는 목소리에 어울리는 외관이었다.

문헌에서 본 적 있다.

이 용모의 특징은 사자족── 수인 중에서도 무투파 종족이다.

"……."

그는 내게서 검을 힘으로 가져가려 했으나 나는 힘을 줘서 버텼다.

"인간, 이게 무슨 짓이지?"

"그쪽이야말로. 이건 내 물건인데?"

"난 '수호자' 츠비스다. 내게 반항하는 건가?"

"왜 이 검을 원하지?"

"그게 '성검'이기 때문이다."

츠비스라 이름을 댄 남자는 막힘없이 대답했다.

이거, 벌써 다 들켰는데.

그보다 이 녀석, 진짜로 성검이었냐. 나는 스피가 너무 쉽게 주길래 스피가 착각한 건 줄 알았다…… 미안, 스피.

"그럼 더더욱 넘길 생각은 없어. 이건 빌린 거야. 원래 주인에게 돌려줘야 해."

"아, 그렇지. 네가 가질 물건이 아니지. 지드."

"나에 대해서도 알고 있는 건가."

"수인족 사이에서도 유명하다. 네가 영지에 발을 들여놓은 시점에 보고가 왔다. 좋은 소식이라고는 할 수 없지만."

명확한 적의를 보였다.

발의 중심, 그리고 가벼운 호흡의 변화로 전투가 시작되려는 낌새를 느꼈다.

"아까도 말했지만 성검을 주인에게 돌려주고 싶을 뿐이야. 싸울 생각은 털끝만큼도 없어."

"네가 괜찮아도 우리는 괜찮지 않아. 너에게 성검은 어울리지 않아. 지금 네가 들고 있는 것만으로도 신물이 난다."

츠비스의 얼굴이 일그러졌다. 나에 대한 증오가 스며 나왔다.

아무래도 난 상당히 미움받는 것 같다. 나는 슬쩍 쿠에나에게 눈짓했다.

(이거, 내 정체를 숨겼어도 의미가 없었겠는데?)

(내가 말 했잖아?)

쿠에나는 눈으로 그렇게 대답하고 우리 사이에 끼어들었다.

"수인족이 갑자기 인간을 공격하면 큰 문제야. 그리고 우리도 일단 S랭크와 A랭크인데, 이대로 싸우면 주변에 피해가 생길걸?"

"아무래도 상관없다."

쿠에나의 말은 일축당했다.

상상 이상으로 호전적인 종족인 모양이다.

이거 큰일이다. 적지에서 싸우게 될 것 같다.

"기다리는 것이다! 곤란해하고 있는 것 같으니 도와주는 것이다!"

그때, 얼빠진 목소리와 함께 츠비스와 내 사이에 새로운 인물이 끼어들었다.

하얗고 위로 솟은 귀에 꼬리. 늑대일까.

약간 멍청하게 들리는 말투와는 대조적으로 전투에 익숙한 듯한 균형 잡힌 몸매의 여성이었다.

"로니, 무슨 생각이냐."

"수호자라고 해도 폭거는 허용되지 않은 것이다, 츠비스."

분위기가 변했다.

옆에 있는 쿠에나도 '로니라고?' 하며 경탄을 담은 목소리로 중얼거렸다.

쿠에나도 아는 유명인인 모양이다.

어쩌면 전투를 피할 수 있을지도 모른다.

실제로 로니라 불린 여성은 츠비스를 상대로 밀리지 않았다.

"그럼 넌 이 녀석에게 성검을 넘기란 말이냐?"

"그런 것이다. 주인이 갖는 게 당연한 일인 것이다."

"아니, 이 녀석은 주인이 아니지. 이건 역대 용사님이 어느 마을에 맡긴 것이다. 그리고 그걸 성녀 스피 님이 보관하고 있었지. 성검은 자격이 있는 자가 소유해야 한다."

"여전히 용사를 좋아하는 것이다. 하지만 그 스피라는 사람이 검을 맡긴 건 지드인 것이다."

"아니라고 말하고 있잖아! 용사가 되기를 회피한 겁쟁이는 이

걸 가질 자격이 없어!"

츠비스의 말이 열기를 띠었다.

로니가 중재해준 듯하지만, 상황은 아직 좋지 않다. 오히려 격렬해져서 사람들에게 주목받고 있을 정도다.

"그래서? 만약 지드한테서 빼앗으면 츠비스가 돌려주는 건가?"

"적어도 용사가 되기를 거부한 수치를 모르는 놈보단 낫잖아!"

아까부터 내 취급이 심하게 안 좋다.

뭐, 이렇게 될 것은 예상했기 때문에 심적인 대미지는 신기하게도 적다.

"——온화하지 않군."

또 누군가가 사이에 끼어들었다.

이번에는 '강하다'로 표현할 수 있는 수준이 아니었다. 감도는 마력은 소량이지만 극한까지 단련되어 있었다.

로니와 닮은 하얀 꼬리와 귀를 가진 남자였다.

"……."

"아버지."

아까 전까지 위세 좋던 츠비스가 온순해졌다.

로니는 남자를 '아버지'라 불렀다.

어째 둘 다 면식이 있는 인물이 나타난 것 같다.

"무슨 이야기인가. 나도 끼지."

"아뇨, 신경 쓰실 만한 일은…….."

"츠비스가 이 사람을 공갈 협박하려고 한 것이다."

"칫……."

로니가 승기를 잡았다는 듯이 씨익 웃는 표정을 지었다.

"호오. 왜지? 네 집에는 돈은 썩어날 정도로 있지 않은가. 역대 '최고전사'를 몇 명이나 배출해온 집안이니 말이다."

"……돈이 아닙니다. 저 녀석이 어울리지도 않게 성검을 성녀님께 돌려주려고 해서 제가 대신 그 역할을 짊어지고자 했을 뿐입니다."

"하하, 그렇군. 그래서 로니와 말싸움을 하게 된 것이군. 그래서 지드 공. 넌 허가했는가?"

"너, 누구──."

"지드."

쿠에나가 내 말을 끊고 옆에서 작은 목소리로 말을 걸어왔다. 게다가 급하다는 듯이 옆구리를 찌르면서.

"왜 그래?"

"……오이토마야. 현 최고전사. 다시 말해서 수인족의 왕."

어쩐지.

역시 실력으로 선출된 자답다.

그렇다면 대답을 기다리게 할 순 없지.

"난 허가하지 않았어. 하지만 싸움은 사양이야. 만약 여기서 돌려준다면 오래 있을 생각도 없어."

"흠, 모처럼 여기까지 왔으니 좀 더 있어도 괜찮다만?"

"아니, 그건……."

솔직히 있기에 편하다고 할 수는 없다.

그건 인간의 영지에서도 다르지 않겠지만, 지인은 저쪽이 더 많다. 어느 정도는 더 낫다.

"그럼 이렇게 하지."

오이토마가 다짜고짜 나에게서 성검을 빼앗았다.

다시 녹이 후두둑 떨어진 건 내가 오래 갖고 있었기 때문일 것이다.

"머지않아 수인족 사이에서 '성제'라는 행사가 열린다. 이는 젊은 최고전사 후보의 실력을 확인하기 위한 행사다. 츠비스와 로니는 유망주지."

"……그래서?"

"츠비스가 이기면 성검은 그가 가지고, 로니가 이기면 지드 공에게 돌려주도록 하지."

"무슨 소릴 하는 거야? 왜 내가 그런 행사에 휘말려야……."

"여기선 내가 곧 법이다."

오이토마 주위에 수인이 속속 모였다.

'수호자'인가 뭔가 하는 놈들일 것이다. 한 명 한 명의 역량이 굉장하다. 오이토마를 제외하더라도 여기에 있는 몇 명이 한 나라의 군사력에 맞먹을 정도일 것이다.

그렇군. 이게 수인이라는 것인가. 마족과 몇 번씩이나 싸우면서도 선전을 해온 종족. 아무 이유 없이 역사상에서 몇 번이나 격전을 벌인 게 아니다.

쿠에나가 나에게 들리는 목소리로 나지막이 중얼거렸다.

"……지금은 물러나자. 수인족과 다투는 건 좋지 않아."

어쩔 수 없군. 한 번은 물러나지. 하지만 여차하면——.

"알았어. 그렇게 하지."

"음. 그럼 성검은 맡아두도록 하지. 필요하다면 갈아둘 수도 있다만?"

"그 녹은 갈아내도 의미 없어."

"그런가?"

약간 납득이 안 되는 모양이지만, 오이토마는 옆에 있는 남자에게 성검을 넘겼다.

"그럼 츠비스도 로니도 분투하도록. 다른 사람의 소중한 것을 짊어지는 자의 책임은 크다. ……츠비스는 알고 있을 테지만 말이다."

오이토마의 말을 듣고 츠비스가 노려보는 것으로 대답했다.

그 눈빛에는 소름 끼치는 느낌이 감돌았다.

마찬가지로 오이토마에게 성검을 받은 측근처럼 보이는 '수호자' 한 명도 비슷한 시선을 츠비스에게 보냈다.

아무래도 관계가 복잡한 듯하다.

이렇게 오이토마가 상황을 마무리하고 해산했다.

혼자 다른 방향으로 걸어가기 시작한 로니에게 말을 걸었다.

"고마워. 로니."

"신경 쓰지 않아도 되는 것이다. 애초에 아무것도 하지 않은 것이다."

"아니, 네 덕분에 전투하지 않고 끝났어. ……그리고 성검을 부탁할게."

"알고 있으니까 정말로 원한다면 말을 걸지 않는 편이 좋은 것이다~."

로니가 손을 팔랑팔랑 흔들면서 우리를 냉대했다.

아까 전과는 전혀 다른 모습에 쿠에나가 의아해하며 고개를 갸웃거렸다.

"무슨 말이야?"

"성제인 것이다. 수인족은 실력으로 정상을 정하지만, 최고의 젊은이를 정하는 축제에서는 모두의 투표로 정상을 정하는 것이다."

로니가 머리칼을 나부끼면서 귀찮다는 듯이 어깨를 으쓱였다.

"투표라고……?"

혼잣말하면서 주위를 봤다.

차가운 시선이 우리를 둘러싸고 있었다.

"그렇군. 나는 미움 받으니까 그다지 관여하지 않는 편이 좋다는 건가."

"그런 것이다. 내가 도운 것은 축제가 시작되기 전의 점수벌이였던 것이다. 하지만 역효과였던 것이다."

로니는 그 말만 하고 우리에게서 멀어져 갔다.

흐음~.

"그래서 어떡할 거야?"

쿠에나가 옆에서 내 의사를 물었다.

"로니는 그다지 내키지 않는 것 같았어."

"그야 그렇겠지. 자기 입으로도 말했는데 인기를 끌기 위한 점수벌이였잖아. 우리를 도와도 미움받기만 하는 거 아냐?"

딱 한순간 '같은 길드의 동료니까'라며 희미한 기대를 품었다. 정말로 그랬다면 얼마나 좋았을까.

하지만 실제 반응은 차가웠다.

"지금부터라도 우리끼리 탈환할 방법을 생각하는 게 낫겠다는 느낌이 들기 시작했어."

"상대는 수인족의 왕이야. 그만두는 걸 추천해."

쿠에나가 진지한 얼굴로 타일렀다.

"그래도…….""

"안심해. 로니도 성제에서 지고 싶지 않을 거야."

설령 성검에 대해서는 관심이 없더라도 진지하게 임해줄 것이라는 뜻일 것이다. ……불안 요소에 골머리를 썩여도 별수 없나.

"뭔가 우리가 할 수 있는 일이 없을까."

"그다지 관여하지 않는 것. 이건 그녀도 말했지."

"그럼…… 돌아가는 편이 좋은가? 믿고 기다리는 것도 한 가지 방법인데."

쿠에나가 턱에 손을 대고 인상을 썼다. 그녀로서도 낯선 땅의 행사라서 답을 쉽게 내지 못하는 듯했다.

"애초에 성제라는 게 어떤 것이고 언제 끝나느냐가 문제지."

"그렇네."

돌아간다고 해도, 다시 성검을 가지러 와야만 한다. 로니가 이기든, 강탈하든.

그러기 위해 축제에 대해 자세히 알지 못하면 언제 수인족령에 돌아오면 좋은지조차 알 수가 없다.

"길드 지부에 가서 물어볼까? 거기라면 인간 길드 직원도 있을 테니까."

"그렇네. 그리고 수인족의 의뢰도 보고 싶은 참이었어."

"몇 번인가 받은 적 있는데, 그렇게 다르지 않아."

쿠에나가 어깨를 으쓱이면서 어쩔 수 없다는 듯이 미소 지었다.

그리고 문득 생각을 바꾼 것처럼 표정을 삭 바꾸고 위협적인 태도로 나왔다.

"만일을 위해 다시 확인하고 싶은데. ……성검을 되찾고 싶은 거지?"

"당연하지."

"솔직히 말하자면 난 딱히 지드가 스피에게 돌려줄 필요는 없다고 생각해. 츠비스였나? 그 사자 수인이 돌려주겠다고 했잖아. 결국 돌아올 거면 귀찮은 일은 그만두고 돌아가도 좋다고 생각해."

쿠에나의 말도 일리 있다. 성검은 결국 알아서 스피의 손으로 돌아갈 거다. 나로서도 그게 편하다.

"하지만 그건 내가 스피에게 맡은 물건이야. 내가 돌려줘야 한다고 생각해."

"뭐, 그게 도리겠지. 정말로 돌려줄지 어떨지 의심스러운 상황이지만……. 거기까지 생각하면 성제의 결과가 나오기도 전에 지드가 날뛸 것 같으니까 그만둘래."

가볍게 놀리듯이 웃는 쿠에나는 어딘지 사랑스러웠다.

그렇게 생각하는 자신이 부끄러웠다.

"난 이성이 없는 마물이 아니야."

나는 웃으며 말했다.

◇

수인족령의 길드 지부 건물은 상상했던 것보다 평범했다.

왕도에 있는 길드와 그다지 다르지 않았다.

물론 규모는 크제라 왕국의 길드가 더 크지만.

모험가와 접수원은 대부분 수인이었다.

의뢰 내용도 다소의 차이가 있었다.

"물물교환……?"

"그래, 일부는 그렇지. 지금은 인간의 화폐를 활용한 경제 제도가 도입되었지만, 수인족령에서는 옛날부터 물물교환이 주였어."

본 울프를 쓰러뜨리면 한 달 치 곡물을 받을 수 있는 의뢰나 보수로 역대 최고전사의 30cm 동상을 받을 수 있는 의뢰도 있었다.

이런 건 인간 사이에서는 볼 수 없는 의뢰들이었다.

"하지만 왜 물물교환이지?"

"부와 권력이 한 곳에 몰려있기 때문이야. 수인족은 힘이 강한 자일수록 많은 권력과 돈을 가지고 있어. 필연적으로 의뢰인보다 모험가가 더 부유할 수밖에 없지. 이런 상황에서 화폐 제도를 도입해도 결국 그들에게 몰릴 뿐이야."

"어…… 그래서?"

"간단하게 말하자면, 어차피 돈으로는 감당하지 못하니까 물건으로 받고 있다는 뜻이야."

쿠에나의 표정은 어둡다.

"어어…… 그렇구나."

실로 알기 쉬운 구도다.

참으로 힘을 중시하는 종족답다.

뭐랄까, 살기 힘들 것 같다.

"흠~. 시험 삼아 뭔가 받아볼까?"

"잠깐만, 목적을 잊은 거 아냐?"

"괜찮아. 나도 생각이 있으니까. 의뢰를 받으면 이들도 이야기를 좀 잘 들어주지 않겠어?"

"……뭐, 그럴지도 모르지만. 그래도 의뢰는 신중하게 골라."

"그래, 알고 있어."

내가 받았다고 하면 반감 때문에 취소를 할 가능성이 있다. 그리고 직접 거래에 나서면 사적인 감정을 숨기지 않는 녀석까지 나올 것 같다.

그러니 되도록 의뢰인과는 엮이지 않는 의뢰가 좋다.

그리고 의뢰를 받는 모험가가 여러 명 필요한 의뢰도 피하는 편이 좋을 것 같다.

"이건 어때?"

의뢰서를 조심스럽게 떼어낸 다음 쿠에나에게 보여줬다.

쿠에나가 들여다보듯이 몸을 앞으로 숙였다.

"근처에 나타난 오우거 무리 토벌…… 의뢰인은 수호자 중 한 명이네."

"내가 골랐지만 좋은 선택이지?"

"뭐, 이거라면 거절당할 걱정도 없겠네. 적성 랭크도 A랭크 이상이고. 경쟁자도 적을 거야."

칭찬받는 게 기뻐서 기고만장해질 것 같다.

하지만 쿠에나의 표정에 그늘이 졌다.

"근데, 엄청 가깝네. 시네리아 삼림이면."

여기에 오기까지의 지리는 머리에 주입해뒀다.

쿠에나의 말대로 시네리아 삼림은 수도 오헤마스에서 가깝다. 수도 바로 옆이다.

"그게 왜?"

"아니, 여전히 대범하구나 싶어서. 여긴 성벽도 없는데 근처에

A랭크는 되는 애들이 돌아다닌다는 의미잖아.”

“뭐, 이들만의 방비가 있지 않을까?”

“내 생각에는, 옛날과 다름이 없다면 약자는 그냥 방치했을 거야.”

쿠에나의 말에 나는 가벼운 충격을 받았다.

“그건 아니겠지. 이렇게 토벌 의뢰가 나온다는 건, 일단 관리 중이라는 이야기잖아?”

“그건 그냥 오우거가 거슬려서 치우고 싶은 것뿐 아닐까 싶은데.”

“그게 이유라고?”

“……말해두겠지만 나도 좋지 않다고 생각하고 있거든.”

나는 이들의 방식이 이해되지 않았다.

아니, 나는 무심코 기대했던 걸지도 모른다――.

“용사는 좋아하면서 자기 백성들은 좋아하지 않는구나.”

“용사도 영웅적인 존재라서 좋아하는 것뿐일지도 모르지. 그 용사가 뭘 하는지는 상관없는 걸지도.”

쿠에나가 후후, 하고 가볍게 웃고 내 쪽을 봤다.

“지드, 용사에 흥미 없었던 것 같더니만, 사실은 거절한 걸 후회하고 있는 거야?”

“흥미가 없지는 않았지. 다만 용사가 되면 나도 결국 변할 것 같아서.”

“사람은 그렇게 쉽게 안 바뀌어.”

쿠에나가 부드럽게 눈을 가늘게 뜨고 웃었다.

그 말에 안심을 느꼈다. 하지만 일말의 불안이 마음속 어딘가에 있었다.

갑자기 옆에서 기척이 나타났다.

"아직 수인족령에 있었던 건가?"

로니였다.

뜻하지 않게 재회했는데. 그러고 보니 S랭크 모험가였던가. 길드 지부에서 만나는 것도 당연한 일일 것이다.

"성제에 대해 자세히 알고 싶어서. 의뢰를 받는 김에 접수처에 물어볼 생각이었어."

"흠, 아무래도 좋겠지. 그보다 그 의뢰는 내가 받을 생각이었던 것이다. 양보할 수는 없는 것이냐?"

로니가 내가 들고 있는 의뢰서를 보면서 물었다.

"실은 우리도 받고 싶어서 말이야. 이것 이외의 의뢰는 거절당할 것 같아서."

"그건 여러 파티가 동시에 수주할 수 있는 의뢰가 아닌 것이다. 음…… 뭐, 성제에 대해서라면 내가 가르쳐주는 것이다."

그녀에게 이야기를 들을 수 있다면 의뢰를 받지 않아도 된다. 접수원과도 이야기할 필요도 없다.

혹시 모르니 쿠에나를 보고 동의를 구했다.

쿠에나도 고개를 끄덕였다.

"그런가. 이야기를 들을 수 있다면 도움이 될 거야."

나는 로니에게 의뢰서를 건넸다.

그리고 로니에게 지시를 받아 인적이 드문 뒷골목까지 갔다.

◇

"의뢰, 받아온 것이다."

손을 표표히 좌우로 흔들면서 로니가 합류했다.

"아직 내 소개를 하지 않았던 것이다. 나는 S랭크 모험가 로니인 것이다."

"난 지드야. 마찬가지로 S랭크 모험가지. 이쪽은 쿠에나."

"응, 응. 둘 다 아는 것이다. 지드는 요란하게 길드에 들어와서여러 소문을 들은 것이다. 좋게도 나쁘게도 들었지만."

상당히 듣기 거북한 이야기다.

그리고 로니가 검지로 한 방향을 가리켰다.

"이쪽에서 가면 남들 눈에 띄지 않을 수 있는 것이다. 의뢰는바로 가야하는 것이다. 그러니 걸으면서 이야기하는 것이다."

그리고 셋이 나란히 걸었다.

로니의 말대로 인적이 전혀 없는 모양이다.

"그래서 성제에 대해서 뭐가 알고 싶은 것이냐?"

"우선 언제 끝나는지를 알고 싶어."

"순조롭게 진행되면 일주일 안에 끝나는 것이다."

"꽤 금방 끝나네."

로니의 대답은 뜻밖이었다.

거리에서 그다지 축제의 분위기가 느껴지지 않았다. 내가 아는 축제는 활기차거나 사람들이 축제를 기대하여 들뜬 모습이 보여야 했다.

준비기간을 좀 더 둘 법한데, 하루 정도로 빠르게 끝내는 걸까.

"단순히 제일 강한 젊은이를 정할 뿐인 것이다. 싸움만으로 끝나면 좀 더 빨리 끝나는 것이다."

아주 당연하다는 듯이 폭력적인 면을 살짝 보여줬다.

히죽 웃으면서 양손으로 주먹을 쥐고 맞부딪치고 있다.

"그러고 보니, 왜 투표 같은 걸로 정하는 거야?"

"옛날에 성제에서 사망자가 나왔기 때문인 것이다. 아이끼리 붙으면 치열해져서 제지가 안 되니 어른의 중개가 필요하다고 해서 투표로 최고가 정해지는 것이다."

"……물어봐서 미안하네."

확실히 그런 건 그만두는 편이 낫겠다.

하지만 그렇게 하면 투표 후에도 원한이 남을 것 같다. 알아서 잘 처리하고 있는 걸까?

"괜찮다. 나도 답답하다고 생각하고 있던 것이다. 우여곡절을 겪어 오늘날의 성제는 싸워서 힘을 보여주는 토너먼트를 열고 그 후의 투표로 최고의 젊은이를 정하는 이벤트가 된 것이다. 그리고 토너먼트도 안전을 확보하기 위해 단체전인 것이다."

"단체전? 그건 어떤 거야?"

"관객이 있는 투기장에서 5대5로 싸우는 것이다. 팀 대결로 하면 과하게 흥분하는 걸 막을 수 있는 것이다."

시시하다는 듯이 로니가 입을 삐죽 내밀었다. 그녀는 1대1 대결을 더 선호하는 듯했다.

"그런가? 5대5라도 불꽃 튀게 싸우는 건 마찬가지 아니야?"

"그러기 전에 다른 팀원들이 말리는 것이다. 상대를 죽이면 지게 되는 것이다. 애초에 포인트는 '누구를 데려왔는가'인 것이다."

"다시 말해서 권위를 알리는 목적도 있다는 거지?"

"그래. 성제에서 중요한 것은 표를 모으는 것이다. 그러니 더 강한 자를 데려오면 인정받기 쉬운 것이다. 결국은 이기지 못하면 멋없지만."

"과연, 그런 식이라면 팀전이 적합하겠군."

"지드가 미움받지 않는다면 함께 싸워주길 원했던 것이다."

로니가 아쉬워하는 듯이 말했다.

확실히 내가 참가할 수 있었다면 힘이 되어줬을 것이다.

하지만 공교롭게도 난 수인족 사이에서, 혹은 온 대륙에서 미움받는 몸이다. 만약 내가 그녀의 팀에 들어가면 득표수가 내려갈 것이다.

"나도 미움받지 않으면 참가하고 싶었어. 그래서, 이길 수 있을 것 같아?"

드디어 본론이다.

성제의 자세한 내용에 대해 알아도 성검을 되찾지 못하면 의미가 없다.

로니가 이겨야 한다.

"이길 것이다. 솔직히 말해서 성제의 토너먼트 외에도 싸움은 이미 시작된 것이다. 결국엔 평소에 어떤 활동을 하고 있고, 얼마나 강한 모습을 어필하고 있느냐가 관건 인 것이다."

"그 점에서는 로니는 S랭크니까 문제없을 것 같네. 하지만 츠비스였나? 걔도 수호자잖아? 상당히 강할 텐데."

쿠에나가 의문을 던졌다.

"그 녀석은 부모의 위광으로 수호자에 낀 것이다."

로니가 그를 깔보면서 계속 말했다.

"역대 최고전사는 사자족이었던 것이다. 그래서 나름대로 발언력이 있어서 젊을 때부터 수호자로 낀 것이다."

그러고 보니 최고전사 오이토마 근처에서 츠비스를 노려보던 남자 수호자가 있었다.

겉모습은 닮지 않았지만, 내게 매서운 눈길을 보내고 있었으니 가까운 자였을 것이다.

"원래 수호자는 선택받은 녀석만이 될 수 있는 것이다."

"선택받은 녀석? S랭크인 로니조차 수호자가 아니잖아?"

"난 부모덕을 봤다는 말을 듣는 게 싫어서 사양했을 뿐인 것이다."

오이토마를 아버지라 부르던 모습은 기억하고 있다.

그러니 수호자가 된 츠비스에게도 적대심이 있을 것이다.

"그럼 어떻게 하면 수호자가 될 수 있는 거야?"

"여러 방법이 있는 것이다. 최고전사에게 직접 지명을 받거나 수호자로부터 많은 추천을 받는다. 그 외에도 실력을 보여주는 성과가 있으면 되는 것이다."

"S랭크 같은 것 말이지?"

"그런 것이다. 난 이미 최고전사가 될 실력이 있는 것이다. 하지만 아직도 S랭크 모험가가 된 게 부모덕이라는 말을 듣는 형편인 것이다."

노골적으로 불만스러운 태도를 드러냈다.

쿠에나도 동정의 시선을 보냈다.

"길드가 그런 부정을 받아들일 것 같진 않아. S랭크는 길드의 얼굴이나 마찬가지인걸. 하나의 실패로 길드 전체의 신뢰가 상하는데."

"그 말대로인 것이다! ……뭐, 그래도 이번 성제에서 이기면 정식으로 수호자가 되는 것이다."

"이기면 상품이라도 있어?"

"있는 것이다. 최고전사에게 직접 추천을 받을 수 있는 것이다. 그리고 성과로도 부족함이 없는 것이다. 그러니 이번 성제에서 만전을 기해 수호자가 되어 아버지를 뛰어넘는 것이다."

로니가 희희낙락하며 이야기했다.

천진난만하게 꿈을 꾸는 아이 같은 모습이다.

"뭐, 이길 수 있다면 됐어. 잘 부탁할게."

S랭크 칭호는 신뢰할 수 있다.

S랭크 모험가 수가 적어 객관적인 수준은 산출할 수 없지만, 소리아나 필, 토이포가 출중한 건 틀림 없다. 로니가 그들과 필적한다면 안심해도 될 것이다.

"맡기는 것이다! 같은 모험가끼리 서로 돕는 것이다."

로니가 자신의 왼손으로 오른팔의 위팔을 단단히 잡으면서 시원시원하게 보조개를 만들었다.

뒷골목을 나아가니 끝에 현관 하나가 눈에 들어왔다.

"저긴 뭐야?"

뒷골목으로 뒷문을 낼 수는 있어도 현관을 만드는 경우는 없을 것이다. 하지만 저건 분명한 현관이었다. 옆에는 뭔가가 적힌 게시판도 있었다.

"저건 매직 아이템을 만드는 수인이 모이는 곳이다."

로니가 노골적으로 얼굴을 찌푸렸다.

"오호. 근데 왜 이런 곳에?"

"그다지 대놓고 팔 수 없기 때문인 것이다. 매직 아이템을 만드는 수인은 많지만, 애초에 저건 약한 녀석들이 강한 녀석에게 잘 보이기 위해 만드는 것이다."

"잘 보이다니……? 매직 아이템은 생활의 질을 올리고 전투에도 도움이 되잖아. 왜 그렇게 싫어하는 거야?"

"얘, 지드."

쿠에나가 말을 끊듯 내 이름을 불렀다.

이건 대개 내가 해서는 안 될 말을 했을 때다.

"신경 쓸 필요는 없는 것이다. 수인족은 매직 아이템였…… 아니, 약한 자가 싫은 것이다."

그 얼굴에는 그늘과 분노가 있었다.

이건 외부인이 끼기에는 좀 민감한 문제였군.

하지만 로니의 표정은 곧 원래대로 돌아왔다.

"지드는 수인족의 역사를 잘 모르는 것이냐?"

"얘는 전반적으로 상식이 부족해."

"아직 공부 중인 처지라. 거슬렸다면 미안해."

"괜찮은 것이다. 용사가 되기를 거절한 거에 비하면 대수로운 일인 것이다."

"그렇군, 그것도 그런가."

반대로 생각하면 수인족령에서는 무지해도 살 수 있다.

어떻게 보면 천국일지도 모른다.

그런 시시한 생각을 하고 있으니 내 머리 위로 손날이 날아들었다. 딱 하는 작은 소리가 귀에 들렸다.

"납득하지 마. 비꼬는 거잖아."

"죄송합다……."

야단을 맞지 않았으면 까불거릴 뻔했다.

"뭐, 그런 지드가 또 실수를 저지르지 않도록 가르쳐주는 것이다."

매직 아이템 가게를 가로질렀다.

"──수인족은 예전에 약했던 것이다."

로니는 수인의 역사를 간략하게 들려줬다.

수인족은 인간, 마족과의 전쟁으로 피폐해져 있었다. 종족간의 싸움이 정점에 달했을 때, 인간이 매직 아이템을 활용하기 시작했다.

'노예의 목걸이', '마물을 끌어들이는 수정'······ 그 외에도 수많은 매직 아이템이 사용되었다.

지금은 인간들도 사용을 엄격히 금지한 물건들이다.

이것들은 전쟁 중에 수인족에게 사용되었다.

그래서 수인들이 매직 아이템을 싫어하는 것이다.

동시에 예전에 수인족의 존엄과 자유, 평화를 빼앗은 '약함'조차도.

더 강했다면 매직 아이템 따위는 두려워할 이유가 없었다. 약자마저 너그럽게 받아들였을 것이다.

어째 나는 모르는 사이에 뿌리 깊은 내력을 건드린 듯했다. 쿠에나가 타박한 이유도 이제는 이해가 됐다.

"그러니 수인족령에서는 너무 대놓고 '약자'나 '매직 아이템'을 옹호하지 않는 편이 좋은 것이다. 알겠냐? 용사가 되기를 거부한 어처구니없는 지드 군."

"······음."

이유는 알겠지만, 마음에 걸린다. 매직 아이템 자체가 나쁜 것만은 아닌데.

매직 아이템은 편리하고, 약한 점을 받아들여야 비로소 사람은 진화하는 법이다. 눈을 돌리고만 있으면 아무것도 안 된다.

그때 문제가 일어났다.

『가아아아아아아!』

오우거의 우렁찬 소리가 수인족의 마을 안에까지 울렸다.

"이야기는 다음 기회에 하는 것이다! 난 토벌하러 가는 것이다!"

그렇게 말하고 로니가 달리기 시작했다.

아무래도 의뢰가 돌발적으로 시작되어버린 것 같다.

숲에 있던 오우거 무리가 수도까지 다가온 것이다.

로니는 놈들을 찾는 수고를 덜었다는 표정이었지만, 이대로는 마을에 있는 수인들이 위험했다.

"우린 어떡할래?"

"가자."

"그래."

내 대답을 기다렸다는 듯이 쿠에나가 고개를 끄덕였다.

◇

오우거 집단은 마을까지 도달해 있었다.

대충 30마리는 되어 보였다.

"여기까지 온 건가."

"오우거는 나름대로 지성이 있으니까. 하지만 상대를 잘못 고른 것 같네. 여긴 사자족이 사는 곳이야."

수호자로 보이는 수인족뿐만이 아니다. 일반 주민까지도 참전했다. 그 속에는 로니의 모습도 있었다.

3m는 될 법한 오우거의 거구에도 눈 하나 깜짝하지 않는다.

착실하게 한 마리씩 체술로 숨통을 끊었다.

얼핏 보면 문제없는 것 같은 상황이지만, 마음에 걸리는 점이 있었다.

"……아무도 구조 활동을 안 해?"

"그런 것 같네."

"……!"

바로 지금도 한 소녀가 습격당할 뻔했다.

오우거가 겨우 발견한 약자. 히죽 웃음을 지으며 곤봉을 들어올렸다.

소녀는 힘이 풀렸는지 엉덩방아를 찧은 채로 움직이지 못하고 있었다.

이 정도 거리라면.

나는 달려가 침착하게 대응했다.

"일식── '일섬'."

오우거의 몸통이 두 동강이 났다.

난 끔찍한 광경이 보이지 않도록 소녀 앞을 가리듯이 섰다.

"괜찮아?"

완전히 겁에 질린 눈이었다.

귀와 꼬리를 보면 사자족인 듯했다.

"대, 대단해……."

오우거의 모습을 가리고 있긴 했지만, 소녀는 내가 한 일은 알아차린 것 같다.

"여긴 위험해. 가자."

소녀에게 손을 내밀었다. 부드럽고 작은 손이 손길을 받아들였다.

일단 소녀를 안고 쿠에나 곁으로 향했다.

"달리 습격당하고 있는 사람이 있는 것 같아. 이 아이를 부탁할게. 몇 명 더 데리고 올지도 몰라."

애들을 일일이 안전 지역까지 옮기기는 시간이 아깝다.

오우거를 상대로 싸울 수 있는 쿠에나에게 맡기는 편이 빠르다.

"나더러 지키란 거지? 하아, 다녀 와."

쿠에나는 허리에 손을 대면서 어쩔 수 없다는 듯이 수긍했다.

난 아무도 하지 않는 구조 활동을 진행했다.

오우거의 습격을 물리치고 마을 복구 작업이 진행되었다.

수호자는 도망친 오우거를 추격하고 있었다. 복구는 마을 주민들이 진행하는 모양이었다.

"더, 덕분에 살았습니다. 감사합니다."

구조한 수인 중에서 토끼 귀를 가진 포동포동한 남자가 대표로 앞으로 나왔다. 오우거의 침공으로 둥근 안경이 약간 깨져 있었다.

"아아, 신경 안 써도 괜찮습…… 괜찮았어?"

익숙하지 않은 존댓말을 쓰려다가 혀가 꼬였다.

아직 연습이 부족한 것 같다.

남자가 마린 캡을 벗으면서 웃음을 지었다.

"덕분에 가족 모두 무사합니다. 전 비쿠탄이라고 합니다. 저기 있는 상점에서 매직 아이템을 팔고 있지요."

오우거에 의해 반쯤 파괴된 거리를 가리키면서 말했다.

매직 아이템이라.

"난 지드야. 모험가지."

"네, 잘 알고 있습니다. 만약 곤란하신 일이 있으면 말씀하세요. 비록 힘은 없지만, 매직 아이템에 관한 일이라면 도와드리겠습니다."

비쿠탄은 그렇게 말하며 머리를 숙인 뒤에 떠나갔다.

나를 아는 모양이지만 싫어하는 기색은 없었다.

다른 수인들도 나에게 머리를 숙이고 복구 작업에 착수하러 갔다.

그리고 마지막으로 한 명만이 남아있었다.

맨 처음 구한 사자족 소녀였다.

"왜 그래? 가족은?"

"……."

뭔가 망설임이 있는 듯한 눈치로 나를 바라봤다.

나는 끈질기게 말을 기다렸지만 그저 침묵만이 흘렀다.

"지드."

그때 로니가 돌아왔다.

"오우거를 쫓지 않아도 괜찮아?"

"그건 공적을 원하는 놈들에게 시키는 것이다."

"공적을 쌓고 싶으면 마을 복구를 도우면 될 텐데……."

쿠에나가 오우거에 의해 일부 파괴된 거리를 보면서 투덜거렸다.

그런 쿠에나의 의견과는 반대로 로니는 고개를 저었다.

"그런 건 아무런 도움도 안 되는 것이다. ——그러니 묻고 싶은 것이다. 왜 약자를 도운 것이냐?"

로니가 사자족 소녀를 슬쩍 봤다.

"구하는데 이유가 필요한가?"

"나도 본능적으로는 구하고 싶은 마음이 있다. 그건 지당한 일인 것이다. 하지만 녀석들을 구하기보다는 힘을 보여줬으면 지드의 평가가 개선되었을 것이다."

"평판도 중요하지만, 사람을 구하는 게 더 중요해. 우선순위가 달라."

"약자를 구하는 게 더 중요해? 그럼 결국 이곳에서의 입지는 그대로인 것이다. 그들에게 영향력 같은 것은 없는 것이다."

"아니, 의미는 있어."

"음, 부디 꼭 가르쳐줬으면 하는 것이다."

"그들이 완력으로 강자인가 약자인가 묻는다면 약자겠지. 하지만 완력 외에는 우리가 뒤지는 부분도 있지 않을까. 적어도 난 매직 아이템 같은 건 못 만들어. 지금의 평가보다, 앞으로를 위해 그들과 손을 잡아야 해."

내가 문명을 접하고 가장 먼저 생각한 것이다. 힘에만 기대어 살아온 금기의 숲속과는 큰 차이가 있다.

"흐흥, 그건 알고 있는 것이다. 하지만 이건 어디에 가치를 두느냐의 차이인 것이다. 매직 아이템은 확실히 편리한 것이다. 하지만 힘에는 뒤떨어진다. 실제로 오우거의 침공을 막은 것은 힘인 것이다."

"그렇기에 서로 도와서 막아야 하잖아."

"그럼 마을을 지키는 매직 아이템이라도 설치해두면 좋지 않았나? 하지만 그들은 만들지 않았고, 필요하다면 그들이 만들었어야 했던 것이다."

"그, 그건 설치하려고 생각해도 마물이 방해하니까──!"

사자족 소녀가 사이에 끼어들었다.

"그럼 의뢰하면 되는 것이다."

"불가능해. 이만한 규모를 지키기 위해 매직 아이템을 처음부터 만들어서 설치한다면 돈도 인력도 그들에겐 너무 부족해."

쿠에나가 로니에게 반론했다.

"즉, 그런 것조차 못하는 약자에겐 그 정도의 가치밖에 없다는 것이다. 정말로 구할만한 가치가 있다면 최고전사와 수호자가 직접 움직이는 것이다."

"힘이라는 가치관으로 말한다면 지금 매직 아이템은 전쟁터에서도 자주 사용되고 있어. 인간 사이에서는 전황을 바꿀 정도의 효과를 보이고 있고, 좋은 도구를 잘 쓸 수 있는 사람이라면 '현자'급의 활약을 할 수 있다고 들었어. 애초에 한 가지 시점으로 이야기할 수 있을 정도로 간단한 것도 아니잖아?"

"……흠."

쿠에나의 말을 듣고 로니가 입을 다물었다.

역시 총명하다. 쿠에나의 기분이 안 좋아질 테니 말할 수 없지만, 역시 루이나와 같은 피가 흐르는 만큼 닮은 부분이 있다.

『가아아아아아아아아아아악!!』

오우거의 포효.

아까 전의 토끼족 남자들이 습격당하고 있었다.

이런, 못 보고 놓쳤나.

아무래도 그늘에 숨어있었던 모양이다. 탐지마법을 쓸 걸 그랬다.

나는 반성하면서 다리에 힘을 줬다.

하지만 나보다 빠르게 로니가 튀어 나갔다.

오우거가 가볍게 걷어차였다. 공중에 뜬 거구가 다시 로니의 공격에 땅으로 추락했다.

"뭐, 확실히. 지드와 쿠에나, 그리고 세네리아의 말에도 일리가 있는 것이다."

로니가 씩 이를 드러내며 태평한 웃음을 지었다.

과거의 굴레가 전부 사라진 듯한 유연한 대응이다. 큰 도량이 느껴졌다.

로니는 오우거를 안고 마을 변두리를 향해 갔다. 마을 복구에 방해되기 때문일 것이다.

"……근데, 세네리아가 누구야?"

내가 갸웃하자 옆에서 답이 들려왔다.

"제 이름이에요. 세네리아라고 합니다."

큰 눈동자가 나를 올려다봤다.

사자족 소녀의 이름이 세네리아인 모양이었다.

"뭐야, 둘이 아는 사이였어?"

"정확하게는 제가 아니라, 제 오빠와 아는 사이인데……."

"아, 그렇구나."

나는 그녀의 대답에서 약간 위화감을 느꼈다. 둘이 아는 것치고는 사이가 썩 좋아 보이지 않았다.

"집은 괜찮은 것 같아?"

"네, 덕분에 무사했어요. 우리 집은 좀 더 중심부 쪽이라서……."

"그렇구나. 그럼 빨리 돌아가는 편이 좋을 거야. 아까처럼 숨어 있는 오우거가 없다고 단정할 수도 없어."

"그렇네요…… 알겠습니다."

뭔가 말하고 싶은 듯한 모습이었지만, 세네리아는 순순히 수긍했다.

"그럼, 쿠에나. 돌아가자. 성제가 끝날 쯤에 다시 오면 되겠지."

"그거 말인데. 여기 남아있는 게 어때?"

쿠에나가 얌전한 표정으로 제안했다.

"왜? 어차피 이동은 전이로 하면 돼. 두 명이라면 어떻게든 옮길 수 있는 거리야. 쉽게 오갈 수는 없지만."

"그게 아니라, 아까 로니가 성제에 대해 이야기하는 걸 들으면서 생각했는데, 우리도 도울 수 있지 않을까?"

"어떻게? 우리는 토너먼트에 참가할 수 없잖아?"

만약 우리가 로니와 함께 싸우면 분명 야유의 폭풍이 일어날 것이다. 관객이 뛰어들 것 같은 느낌이 들 정도다.

"토너먼트가 아니야. 투표를 말하는 거야."

"그것도 결국 중요한 건 실력이라며?"

"그렇다고 해도 전투 한두 번만 보고 결정하지는 않을 거야. 투표의 의도는 대상이 '수호자'로 어울리는가 동의를 받는 거니까."

"어, 음?"

내가 이해 못 하자 쿠에나가 이마를 누르면서 알기 쉽게 가르쳐줬다.

"그냥 힘만 비교할 거면 투표할 필요가 없어. 겨루면 그만이니까. 최고전사도 힘을 겨루어서 정하잖아? 하지만 '수호자'는 토너먼트를 치르면서도 굳이 투표제를 선택했지. 즉, 힘도 중요하지만 행실이나 일솜씨도 고려한다는 거야."

"그러니까, 인격같이 부가적인 것도 평가받는다는 말인가?"

"수인족이 인격을 고려할지는 모르겠지만⋯⋯ 느낌상으로는 비슷하지 않으려나."

일이나 평소의 행실도 감안해서 수호자를 정하는 것이리라. 그러고 보니 로니도 그렇게 말했다.

쿠에나는 사망자를 내지 않기 위해서만 있는 룰이 아니라고 보고 있는 듯하다.

"막연하게 알겠는데, 그게 어쨌다고?"

"기회라는 말이야. 우리가 로니를 도울 수 있는 포인트야."

쿠에나의 눈동자가 반짝 빛났다.

왠지 신난 모습이 귀엽다.

"⋯⋯그럼, 그 전에 숙박할 곳을 찾아야겠네."

쿠에나가 하늘을 올려다봤다.

저녁 해가 기울기 시작한 시간대다.

이제 슬슬 어두워진다.

"숙박할 곳이라. 어떡할까⋯⋯."

아직 로니를 도울 구체적인 방법은 모르겠지만, 쿠에나가 그렇다고 하니 걱정할 필요는 없을 것이다. 나는 얌전히 숙소나 찾으면 된다. 해가 지기 전에 찾고 싶은데.

"지드⋯⋯ 또 노숙할지도 모르겠네."

"그렇지~."

미움받는 자의 괴로운 면이다.

수도 오헤마스에 왔을 때를 떠올렸다. 시선이 상당히 따가웠다.

그건 여관에 묵게 해줄 분위기가 아니었다.

어딘가 많은 돈을 내면 묵게 해줄 만한 곳도 있을지도 모르지만, 그런 곳을 찾을만한 시간은 아마 없을 것이다.

역시 전이해서 왕도로 돌아가야 할지도.

"저, 저기. 제 집이라도 괜찮다면 오실래요?"

오우. 세네리아, 아직 있었구나.

돌아간 줄로만 알고 있었다.

"아니, 아무리 그래도 신세를 질 순 없어. 폐를 끼치고 싶진 않으니까."

"폐를 끼치다뇨! 구해주신 은혜를 갚고 싶을 뿐이에요!"

열의가 담긴 말을 하며 앞으로 쑥 나왔다.

"음……."

"잘됐네. 재워달라고 하자."

폐를 끼치면 미안하다고 생각하는 내 옆에서 쿠에나가 찬동했다. 역시 며칠이나 노숙은 하고 싶지 않은 듯하다.

"네, 부디!"

난 생긋 미소 짓는 세네리아에게 단호하게 거절할 수 없었다.

"그럼, 부탁할게."

◇

크다.

세네리아의 집을 봤을 때 품은 감상이었다.

안에 들어가니 외관 이상의 깊이가 느껴졌다.

"아무쪼록 편히 쉬세요."

방긋 미소 지었다.

쿠에나의 크제라 일등지의 집도 굉장하지만, 단순히 크기로 보면 세네리아의 집은 두 배 정도 된다.

"있잖아, 세네리아의 부모님은 무슨 일을 해?"

"부모님은 두 분 다 타계하셨어요……."

"……미안."

"아니에요, 제가 철들기 전의 일이니까요."

그다지 신경 쓰지 않는 눈치로 조심스럽게 말했다.

"그건 그렇고 집이 크네. 너무 깊이 파고드는 거라면 미안한데, 유산이라고 해도 보통이 아닌데?"

쿠에나가 무례한 질문을 했다. 하지만 그녀도 그걸 알고 한 질문일 것이다. 만약 쿠에나가 물어보지 않았다면 내가 물어봤을 것이다.

안심하고 묵기 위해서도 사정은 파악해두고 싶다.

"저희는 대대로 최고전사를 배출하던 집안이라서요. 전 전혀 강하지 않지만요……."

그런 사정이 있는 건가.

인간으로 치면 귀족 같은 것일까.

"그리고 오빠가 현직 수호자예요. 저 같은 것과는 달리 정말 강하고 우수해요.”

세네리아는 자랑스럽다는 듯이 말했다.

그 순간 내 뇌리에 떠오르는 얼굴이 있었다.

“혹시 세네리아의 오빠가——.”

“——너희가 왜 여기에 있지?”

그 순간 적의와 살기가 뒤섞인 기척이 등 뒤에서 감돌았다.

뒤돌아보니 츠비스가 서 있었다.

“아, 오빠. 있잖아, 이 두 사람은…….”

“……넌 조용히 있어.”

츠비스가 세네리아에게 날카로운 시선과 말을 던졌다.

정말로 남매인지 의심이 들 정도로 차가웠다.

“재워준다고 해서 왔을 뿐이야. 싸우러 온 게 아냐.”

“뭐? 너희 따위를?”

“오빠…… 지드 씨 일행은 날 오우거로부터 구해줬어. 저 두 사람이 난처해하는 것 같으니까 보답을 하고 싶어서. 부탁할게!”

“뭐……? 아니, 그래도 이 녀석들은…….”

“날 구해줬는데? 어려움을 겪고 있으니까 서로 도와야지!”

세네리아가 눈동자를 적시며 애원했다. ……연기 아냐?

오빠인 츠비스는 매우 곤란해했다.

“……칫. 하룻밤만이다.”

결국 동생의 부탁에 꺾였다.

그는 무뚝뚝하게 혀를 차면서 그의 방으로 들어갔다.

우리와 같은 곳에 있기 싫은 것 같았다.

"어…… 묵어도 되는 거야?"

"그런 것 같네요."

뭔가 쉽게 통과했다. 쫓겨날 각오까지 했는데.

표면상으로는 심하게 박대하는 것처럼 보였지만, 동생에겐 상당히 너그러운 듯하다.

"그럼 방으로 안내할게요."

세네리아가 우리에게 미소 지었다. 아까 눈물을 머금던 얼굴은 어디로 갔니.

그리고 방으로 안내를 받았다.

"두 분은 같은 방으로 쓰실 거죠?"

""어?""

세네리아의 순진한 물음에 진심으로 반문해버렸다. 자연스럽게 쿠에나와 목소리가 겹쳐 어색한 침묵이 흘렀다.

그리고 한순간 쿠에나와 마주봤다. 쿠에나의 얼굴이 새빨개져 있었다.

"따, 따로 부탁해도 될까?"

"그, 그그, 그렇네. 가능하면 따로 부탁하고 싶은데."

"어라? 저는 두 분이 사귀시는 줄로만…… 죄송합니다! 이 방과 이 방을 쓰시면 돼요."

세네리아가 나란히 있는 방을 손으로 가리켰다. ……좀 거북하다.

““아, 네……!””

또 목소리가 겹쳤다.

그리고 쿠에나와 헤어져 방에 들어왔다.

(넓다!)

인테리어도 충실하다.

정말 재력은 튼실한 모양이었다.

나는 짐을 풀어 정리했다. 정리한다고 해도 편리한 휴대용 물건밖에 없어서 시간은 걸리지 않았다.

잠시 후에 누군가가 문을 노크했다.

“들어와.”

“응. 짐 정리 끝났어?”

“끝났어. 그쪽으로 갈 생각이었어.”

“그래. 마침 잘됐네. 그럼 앞으로의 예정을 얘기할까.”

쿠에나가 적당한 의자에 앉았다.

나도 따라서 앉았다.

“아마 우리가 도우면 로니를 이기게 할 수 있어. 우리가 ‘선거’ 활동을 하면 돼.”

“선거?”

익숙하지 않은 단어다.

“신성공화국에서 대통령을 뽑을 때 하는 국민 투표를 가리키는 거야.”

“오호~.”

대통령은 나라의 주도자를 말하는 거였지. 왕족이나 귀족과는 달리 평민도 할 수 있다.

"우리가 로니에게 표가 모이도록 하면 돼. 오늘 오우거가 습격했을 때 힘없는 사람이 방치당하는 상황, 봤지?"

"그래, 너무했어."

"분명 수인족이 '약자'라 부르는 사람들도 같은 생각을 하고 있을 거야. 그들의 도움을 받자."

"어떻게?"

"로니가 매직 아이템 판매 제조에 종사하는 사람들을 인정하게 하면 돼. 매직 아이템 제조는 중요한 일이고, 윈윈 관계를 구축하기 위해 지켜주겠다고 하는 거지. 로니는 실력자고 S랭크라는 신용도 있을 테니까 말 한마디만으로도 설득할 수 있을 거야."

"흐음."

그러고 보니 로니도 무조건적으로 부정하진 않았었지. 어쩌면 가능성이 있는 걸까.

나도 성검이 돌아올 가능성이 커진다면 시험해보고 싶다.

"쿠에나가 그렇게 말한다면 해보는 수밖에 없지."

"정해졌네. 우선 로니에게 타진해야지."

"그래."

쿠에나가 모험가 카드를 만지작거렸다. 어떻게든 해서 로니와 연락을 하려는 것이다.

아마 내일에라도 로니와 만나 이야기할 수 있을 것이다.

(…….)

나는 내 모험가 카드를 꺼냈다.

아직도 의뢰와 취소가 반복되고 있었다.

나나 주위에 실질적인 피해가 없는 만큼 다행이지만, 너무 유치했다.

하지만 신경 쓰이는 점이 있었다.

(동명이인인가……?)

지금도 조금씩 의뢰가 들어오고는 취소된다.

취소되면 의뢰자의 이름을 볼 수 없지만, 취소되기 전에는 볼 수 있다.

이런 못된 장난을 치는 의뢰자의 이름은 관심도 없기에 방치하고 있지만, 지금처럼 장난이 심해지기 전에는 의뢰자의 이름을 확인했다. 그리고 그중에는——.

"——세네리아도 있었지."

"응? 뭐라고?"

내 혼잣말이 들렸는지, 쿠에나가 이상하다는 듯이 내 얼굴을 들여다봤다.

"실은 말이야, 세네리아의 이름을 들었을 때, 마음에 좀 걸렸어."

"뭐가?"

"나한테 몇 번이고 의뢰했다 취소한 녀석의 이름이야."

쿠에나가 약간 의외라는 듯이 한쪽 눈썹을 치켜올렸다.

그리고 고개를 갸웃했다.

"걔가 장난을 쳤다고?"

"아마."

"이름이 같을 뿐인 거 아냐?"

"물론 그럴 수도 있지."

"그럼 다른 사람일 거야. 저렇게 정직하고 착한 아이가 돈을 들이면서까지 그런 일을 할 리 없어."

"글쎄. 그걸 실천하는 녀석이 있으니 단언할 수는 없지. ……이거 봐."

쿠에나에게 내 모험가 카드를 보여줬다.

쿠에나가 얼굴을 찌푸렸다.

"우와…… 아직도?"

이래저래 마음고생이 많다.

정식 의뢰는 용사가 되기를 거절한 뒤로 한 번도 오지 않았지만, 긴급한 의뢰도 있으니 알림은 빠짐없이 체크하고 있다.

의뢰 확인은 모험가로서 게으름을 피워도 될 일이 아니다.

"조심해. 셀프 과로라는 거야. 자신을 가혹한 노동에 몰아넣으면 네 일자리를 길드로 옮긴 의미가 없잖아. 가장 중요한 건 네 몸과 정신이야."

그 말을 듣고 뜨끔했다.

그러고 보니 또 일에 대해 너무 분발하는 것 같다.

쿠에나는 정말 나를 잘 봐주고 있다.

"그렇네. 쿠에나, 고마워."

"응. 여기서 지드가 쓰러지면 본전도 못 찾으니까."

빙긋 미소 짓는 모습이 정말 사랑스러웠다.

내 모든 감정을 빈틈없이 칠할 것만 같아서.

"있잖아……."

말하려다가, 멈췄다.

말이 잘 나오지 않았다.

"왜 그래?"

쿠에나가 갸웃했다.

"아니, 아무것도 아냐."

나는 얼버무리듯이 웃었다.

쿠에나에게 품고 있는 감정이 있다.

하지만 무슨 말을 하면 좋을지.

모르겠다.

"흠~. 뭐, 상관없지만."

쿠에나가 수상쩍어하면서도 마지못해 납득했다.

똑똑, 하고 누가 노크를 했다.

"네, 들어오세요."

"실례합니다. 욕실과 식사가 준비됐는데, 어떻게 하실 건가요?"

세네리아였다.

그날은 아무 일도 없이 그녀의 환대를 받았다. 다만 츠비스는 방에서 나오지 않아 얼굴조차 보는 일이 없었다.

제3화 의뢰는 하나

아침.

떠들썩한 분위기에 잠이 깼다.

분위기만 그렇고, 큰 소리는 나지 않았다. 전투는 일어나지 않았으니 안전할 것이다. 하지만 내 본능이 끝없이 경종을 울렸다.

방에서 나왔다.

기척을 더듬어가니 널찍한 현관에 도착했다.

아무래도 츠비스와 몇몇 남자가 대화 중인 듯했다.

"알겠나, 반드시 이겨라."

고무가 아니라 협박하는 듯한 말투였다.

"알고 있어. 일부러 다짐을 받으러 오지 말라고."

"더 이상 사자족의 체면을 잃을 순 없다. 네 아버지도 한탄하고 계신다."

어째 위험한 대화 같았다.

그다지 들으면 안 될 대화였지만 나도 모르게 기척을 숨기고 귀를 기울여버렸다.

"필요하다면 죽인다. 로니는 틀림없는 방해다."

어제 최고전사 옆에 있던 남자가 그렇게 말했다.

전에 츠비스에게 매서운 시선을 보낸 녀석이었다.

"그만해. 난 정정당당하게……."

"그래, 네가 이기면 돼. 최고전사가 될 수 있다는 걸 증명해라."

츠비스의 어깨에 손이 놓였다.

기대의 표현인가. 아니, 어쩌면——

인상적이었던 것은 혐오에 물든 츠비스의 얼굴이었다.

"……너희가 그 말을 할 자격은 없어."

츠비스가 내뱉듯이 말했다.

주위가 일제히 살기를 띠었다.

"뭐라고?"

츠비스는 자신이 화를 냈다는 사실에 눈을 휘둥그레 뜨고 놀랐다.

하지만 잠시 후에 진정된 것처럼 입을 열었다.

"오이토마 따위에게 진 놈들이. 두 번 다시 오지 마라. 방해만 된다."

츠비스는 단호하게 말했다.

"이, 이 자식!"

모욕당한 남자들이 츠비스를 때리려고 덤벼들었다.

그들은 하나같이 실력이 뛰어나다.

아무래도 상황이 안 좋아서 뛰쳐나가려는데, 언제왔는지 쿠에나가 내 어깨를 붙잡았다.

"기다려. 저건 '수호자' 패거리야. 특히 저자는 이인자인 사자족의 로게스라는 녀석이고.”

“하지만⋯⋯.”

“괜찮아. 저들도 무리하진 않을 거야.”

츠비스는 가만히 얻어맞았다.

로게스 일당은 만족했는지 땅에 쓰러진 츠비스를 내려다보고 혀를 찼다.

“알겠냐. 두 번 다시 건방진 소리 지껄이지 마라.”

“⋯⋯.”

하지만 츠비스의 눈빛은 여전히 살아있었다.

“네가 최고전사가 될 수 있다는 것을 증명하지 못하면 세네리아를 데려갈 것이다. 그때는 너희 핏줄이라도 이용해야지.”

“동생한테는 손대지 마라!”

“네가 잘하면 될 일이라고.”

츠비스의 거친 목소리와 로게스 일당의 비웃는 목소리가 울렸다.

츠비스가 손대지 않으리라 생각하는 건가, 아니면 그만큼 실력 차이가 있는 건가.

그러나 로게스 일당의 예상과는 달리 츠비스의 손이 뻗어나갔다.

“이기겠다고 말하고 있잖아!”

둔탁한 소리와 함께 로게스가 날아갔다.

츠비스가 혼자서 그들과 싸움을 시작했다.

자연스럽게 내 다리에 힘이 들어갔다.

"안 된다니까! 저들은 수인 사이에서 왕족 같은 존재야. 애초에 츠비스는 토너먼트를 앞두고 있으니까, 저들도 심하게 하지는 못——."

"——미안."

나는 쿠에나의 손을 뿌리치고 츠비스 앞으로 끼어들어 로게스의 주먹을 막았다.

로게스의 주먹에는 심상치 않은 힘이 담겨있었다.

"뭐, 뭐냐 네놈은……!"

"그만해. 다 큰 어른이 여럿이서 덤벼들다니, 보기 흉해. 그리고 협박도."

"지드……! 너!"

츠비스가 뒤에서 말을 걸었다.

뒤돌아서 보니 의외라는 표정을 짓고 있었다.

"지드라고?"

로게스가 날 머리끝에서 턱끝까지 핥듯이 바라봤다. 시선이 기분 나빴다.

"아, 이놈이 용사가 되기를 거절했다는 겁쟁이인가. 수치를 모르는 쓰레기놈. 그러고 보니 오헤마스에 왔다는 보고를 들었지."

"……"

"너, 이러면 어떻게 될지 알고서 한 짓이냐?"

로게스가 눈을 번뜩이며 위협했다.

박력도 위압감도 있다. 하지만 나는 그저 불쾌감이 들었다.

"……."

"…………칫."

한 걸음도 물러서지 않자 로게스가 혀를 차고 먼저 발길을 돌렸다.

"무서워서 굳어버린 것 같군. 오늘은 이쯤에서 돌아가도록 하지. 독려하려고 왔을 뿐이니 말이야."

남자들이 실실 웃으면서 문으로 향했다.

로게스가 나가기 전에 츠비스를 향해 말했다.

"반드시 이겨라."

"……알고 있어."

그들의 의지가 얼마나 강한지는 전해져왔다. 강압적으로 나오는 것만 보아도 알 수 있다.

로게스 일당이 떠난 후 무거운 공기가 흘렀다.

"뭐 하는 거야."

쿠에나가 손날로 머리를 때렸다. 아프다.

물론 내가 끼어들 일은 아니었지만, 일단 변명은 있다!

"그래도 건드리진 않았다?"

"그건 잘했어. 하지만 완전히 싸움을 걸어버린 꼴이 됐어."

"……으음. 하지만 쿠에나도 여차하면 끼어들 생각이었잖아."

"그야 지드가 싸우면 나도 싸울 수밖에 없으니까."

"헤헤…… 고마워."

무심코 이상한 웃음이 흘러나왔다.

약간 부끄러워하는 얼굴로 쿠에나가 고개를 돌렸다.

"어이, 부부. 빨리 나가."

"부부 아닌데?!"

"부부 아니야!"

세네리아 때보다 단계가 더 올랐다.

"아무래도 좋아. 빨리 꺼져줘."

츠비스는 우중충한 표정을 지은 채로 다시 방에 돌아가려 했다.

"기다려. 감사 인사 한마디라도 하는 게 어때? 지드는 몸을 던져 도와줬다고."

"……그래, 미안하다."

츠비스가 눈을 맞추려 하지도 않고 그런 말만 남기고 방으로 돌아가려 했다.

어딘지 나에게 켕기는 마음을 느끼고 있는 듯한 모습에 위화감을 느꼈다.

"이봐, 성검을 어떻게 할 생각이야? 정말 성녀에게…… 스피에게 돌려줄 생각만 있는 건 아니잖아?"

"용사가…… 될 생각이다. 성검은 그걸 위한 도구지."

"성검으로 용사가 될 수 있어?"

"나도 모른다. 용사가 되기를 거절한 전례가 없으니까. 그러니 새로이 용사가 되는 것도 전례가 없지. 그 전례를 만들 생각이다. 그 과정에서 성검을 쓸 일이 있겠지 하고 생각했을 뿐이다."

츠비스가 코웃음 쳤다.

그건 누구를 향한 것도 아닌 단순한 자조였다.

"용사가 되어서 어떻게 할 거지? 보통 귀찮은 일이 아닐 텐데?"

"전사라면 누구든지 용사가 되고 싶어 한다. 나도 마찬가지지. 하지만 지금은 그런 이유만 있는 것이 아니다. 용사이자 최고전사라면 누구도 거역할 수 없을 테지. 나는 그만한 힘이 필요하다."

"그 로게스라는 놈들을 억제하고 싶은 건가?"

"그렇다. 나는 힘과 명성이 필요해. 미안하다, 정말로."

츠비스는 그 말만 하고는 자기 방으로 돌아갔다.

처음 만났을 때의 나쁜 인상과는 대조적으로 본모습은 나쁜 녀석인 것 같지 않았다.

(분명 동생을 지키기 위해서겠지.)

세네리아는 강해 보이지 않았다. 오우거에게 공격당했을 때도 도망치는 게 늦었으니까.

이 녀석도 근본이 나쁜 녀석이 아니다.

그의 진짜 소원은 성검도 용사도 아닌, 동생.

"지드. 쓸데없는 생각은 하지 마."

"윽······."

"우리의 목적은 성검이야. 츠비스한테 협력할 수는 없어."

"알고 있어. 알고 있는데······."

뭐랄까, 눈물이 날 것 같다.

쿠에나에게 울면서 매달리고 싶다.

우리의 목적은 성검이다. 결코 츠비스에게 넘길 순 없다. 우리는 로니가 이기도록 만들어야만 한다.

근데, 그러면 츠비스는 어떻게 되지? 세네리아는?

"우선은 성검을 되찾자. 이 문제는 그 뒤에 생각해도 되지 않아? 나도 같이 고민할 테니까 울지 마."

"우윽…… 미안."

쿠에나의 온정에 눈물이 끝없이 폭포처럼 흘렀다.

그런 대화를 하고 있으니 세네리아가 다가왔다.

"어라, 두 분 다 가시는 건가요?"

졸린 듯이 반쯤 뜬 눈을 비비고 있었다.

"미안, 깨웠어?"

"아뇨, 살짝 소란스럽다고 생각하긴 했는데, 지드 씨 일행의 목소리가 아니었던 것 같기도 한데……?"

잠이 덜 깨서 멍한 중에 로게스 일당과 츠비스의 대화를 희미하게 들은 모양이다.

"뭐, 여러 일이 있어서 말이야. 우리도 슬슬 갈까?"

"그래. 로니와 약속한 것보단 조금 빠르지만 괜찮지 않을까?"

"로니 씨와? 무슨 일 있었나요?"

"응? 아니 뭐, 그런 게 있어."

자세한 사정은 설명하기 어렵다.

로니를 응원하고 싶다. 이번 성제에서 이기게 만들고 싶다. 그런 말을 할 수 있을 리가 없다. 그건 세네리아의 오빠와 정면으로 싸운다는 것을 의미하니까. 어쩌면 이미 눈치채고 있을지도 모르지만.

"저기. 저, 사실은 지드 씨에게 몇 번인가 의뢰를 했어요."

"……진짜?"

"어머나."

"잠깐만. 의뢰한 뒤에 취소했어?"

"네. 첫 번째는 오빠가 '꼴사나운 짓은 그만해라'고 해서. 하지만 꼭 부탁하고 싶어서 두 번째 의뢰를 했어요. 하지만 오빠가 한 말을 떠올려서 취소하고…….."

"그걸 몇 번이나 반복해버렸다고? 대체 어느 정도의 비용이 든 거야."

"그러니까. 금화 세 개 정도……였을 거예요."

아니, 그건 상당한 액수잖아.

분명 보통 시민이 1년을 놀고먹을 수 있는 금액이 그 정도 아니었나?

아이인데 금전 감각이 이상해…….

"그, 민폐였죠…… 죄송합니다."

"아냐. 오히려 좋았어."

"좋았어요?"

"응. 실은 의뢰 관련으로 이래저래 큰일이 나서 말이야."

그렇게 세네리아에게 장난에 대해 이야기해도 죄악감을 줄지도 모르겠구나. 이 일은 덮어두는 편이 좋을 것이다.

"이 녀석도 용사가 되기를 거절한 뒤부터 이래저래 힘들어. 이 해해줘."

"오, 오오~······."

장난은 드디어 어젯밤을 기해서 100건을 넘겼다.

어딘가에 있는 왕족이나 부호 같은 시간을 주체하지 못하는 부호들이 반 장난으로 이런 짓을 하고 있을 것이다.

덕분에 난 아무것도 안 하고도 막대한 수익이 나오고 있었다.

돈을 받고 안전하게 기분전환을 할 수 있다면 값싼 수준일지도 모른다. 그렇게 생각하니 조금 태평해진다.

"그래서, 부탁이라는 게 뭐야?"

"오빠가 성제에서 이기도록······ 도와주실 수 없나요?"

──물어보는 게 아니었다.

그렇게 말하면 세네리아에게 미안하다.

그렇다고 해서 결코 애매하게 얼버무릴 수 있는 문제가 아니다.

이 '부탁'은 들어줄 수 없다.

"미안해. 난 로니가 이기게 할 생각이야."

"그렇군요······. 그런 느낌이 들었어요."

알면서도 확인하고 싶어서 물었던 모양이다.

그녀도 기대하지는 않았는지 그렇게 낙담하지는 않았다. 그냥 좀 아쉬울 뿐.

"왜 츠비스가 이기도록 하고 싶은 거야?"

쿠에나가 물었다.

가족이 이기기를 바라는 건 당연하지만, 쿠에나는 세네리아가 츠비스의 상황을 얼마나 알고 있는지가 궁금한 모양이었다.

"정말 괴로워 보였어요. 항상 친척 아저씨들에게 둘러싸이고, 가끔은 너덜너덜해져서 돌아와요. 전에는 잘 웃었는데……."

그 표정은 괴로워 보였다.

'부탁'을 거절한 마당에 도저히 똑바로 볼 수 없었다.

마음이 상당히 괴롭다.

"미안하지만 그래도 그 부탁은 들어줄 수가 없어."

"네, 알고 있어요. 무리한 부탁은 안 할게요."

세네리아가 옷자락을 세게 쥐었다.

"하지만 걱정하지는 마. 이 녀석은 이러니저러니 해도 도와주니까."

"정말인가요?!"

"응."

쿠에나가 세네리아의 머리를 쓰다듬었다.

"아니, 야, 어쩌려고……."

물론 나도 힘을 보태주고 싶다. 하지만 성제에서 이기게 도울 수는 없는 노릇이다. 그런데 도와주라니…….

"그러니까 넌 안심하고 집에 있어. 그리고…… 경솔하게 돈을 쓰는 건 그만두고. 이만한 돈을 움직이는 건 츠비스한테 허락을 받아야 해."

역시 쿠에나도 그 점은 타일렀다.

세네리아 같은 아이가 금화 세 개는 너무 많이 쓴 것이다.

금전 감각이 틀어지기 전에 누군가가 잡아줘야 한다. ······뭐, 그녀의 집안을 보면 괜찮을지도 모르지만.

"네, 알겠습니다!"

쿠에나의 말을 듣고 세네리아가 힘차게 끄덕였다.

꼬리가 그녀의 감정을 나타내는 것처럼 기쁜 듯이 구불구불 움직였다.

그리고 나와 쿠에나는 로니와 약속한 곳에서 만나기 위해 저택을 나섰다.

◇

어두침침하고 인적이 뜸한 뒷골목은 햇볕도 제대로 닿지 않는지 축축한 습기가 느껴졌다.

온 주민에게 미움받는 내가 로니와 만나기에는 최적의 장소였다.

"괜찮아? 세네리아한테 그런 말을 해도."

나는 로니를 기다리며 쿠에나에게 아까 했던 말의 진의를 물어보았다.

"어차피 지드도 그럴 셈이었잖아? 나도 이런 일로 세네리아가 상처받게 두고 싶진 않아. 하룻밤 신세진 은혜도 있고.”

“나도 그러고 싶지만, 방법이 없잖아? 츠비스를 성제에서 이기게 할 수도 없고.”

“꼭 성제에서 이기는 것만이 답인 건 아니지.”

“그럼……?”

“성제가 끝나면 곧장 츠비스 건도 같이 처리하면 돼. 성제에서 졌다고 죽는 것도 아닌데 뭘.”

쿠에나가 장난스럽게 웃으며 검지를 입가로 가져갔다.

가슴이 두근거리니 그만했으면 한다. 심장에 좋지 않다.

“뭘 꿍냥대고 있는 거냐. 난 방해되는 거냐?”

한창 대화하는 와중에 로니가 나타났다.

왠지 수인족령에 온 뒤부터 놀림당하는 일이 많네…….

“아니. 로니한테 제안이 하나 있어.”

쿠에나가 웃으면서 맞이했다.

로니가 흥미진진하다는 듯이 웃음으로 응했다.

“호오~. 꼭 듣고 싶은 것이다.”

로니가 우리가 있는 곳까지 와서 벽에 등을 기댔다. 그리고 늑대 귀를 쫑긋거리면서 기울였다.

“네가 성제에서 얻을 수 있는 표를 늘리는 방법을 알고 있어.”

“흠?”

“네가 먼저 ‘강자우위’ 사상에 불만을 가진 사람들에게 손을 내밀어.”

"불만? 그런 녀석들은 수인족 중에선 본 적이 없는 것이다."

"……표정을 보니 진짜 모르는 모양이네. 예를 들어볼까. 어제 봤던 매직 아이템을 만드는 사람들은 지금 상황에 만족하고 있을 것 같아?"

"당연히 만족할 것이다. 강자의 보호를 받으니까 만족할 수밖에 없는 것이다. 불만이면 다른 곳에 가는 것이다."

과연.

로니와 다른 사람들의 현상 인식이 쿠에나의 상상과는 어긋나 있는 것 같다. 하지만 실제로는 어느 쪽이 정답인지 판단할 수 있을까.

인간 사회라면 쿠에나의 인식은 보편적인 편이다. 하지만 여긴 수인족령이다. 인간과 사고방식이 다를 수도 있다. 심지어 당사자조차도 말이다. 당장 로니만 봐도 우리와 제법 다른 구석이 있지 않은가.

그런 생각을 하고 있으니 쿠에나가 종이를 꺼냈다.

"그렇게 말할 줄 알았어. 실제로 그런 사람도 있겠지. 하지만 일단 이걸 봐."

"뭐냐?"

"내 제안의 근거야. 실제로 수인족령에서 인간의 영토로 거점이나 주거지를 옮긴 사람들의 수야."

"흐음. 꽤 있는 것이다."

"수인 사회에서는 이런 통계를 내는 사람도 없을 거야. 나도 어젯밤에 길드에 문의해서 어렵게 알아냈어."

쿠에나는 질렸다는 눈빛을 하고 있었다.

특정 기관에서 집계한 자료가 없으니, 어쩔 수 없이 여러 사례를 긁어모아 만들었을 것이다.

쉽지 않았을 텐데, 이걸 하루 만에 만들었다니 대단하군.

"그래서, 이들을 어떻게 하면 되는 것이냐?"

"이들을 네 지지자로 만드는 거야. 예를 들면 '최고전사가 되면 약자를 위해 환경을 정비하겠다!'라고 하는 거지."

"그러면 오히려 수호자나 강자 측의 반감을 살 것 같은 것이다."

"그 정도는 네 힘으로 억누르면 되잖아. 네 말이라면 따르겠지?"

"흠~. 일리 있는 것이다. 하지만 애초에 약자는 힘만 보여주면 따라오는 것이다. 답답한 짓을 할만한 시간이 있으면 자신을 갈고닦는 편이 좋을 것 같은 것이다."

"그럼 힘만 보여줘도 투표에서 이길 수 있다고 확신해?"

"그건……."

"수인 전체를 놓고 보면 강한 자는 일부에 불과해. 힘을 가장 중시하는 수호자도 숫자는 별로 없잖아. 강자도 약자도 똑같이 한 표씩만 가지고 있다면, 표가 많은 쪽을 노려야지 않겠어? 내 말대로 하면 분명 이길 수 있어."

"음…… 하지만……인 것이다."

로니는 팔짱을 끼고 심각하게 고민하기 시작했다.

나는 쿠에나를 거들기로 했다.

"이건 그리 고민할 문제가 아니야. 할지 말지와, 할 수 있느냐는 다른 문제잖아? 불가능한 게 아니라면 해봐도 나쁠 건 없다고 생각해."

이들이라고 종일 단련하거나 싸울 수 있는 건 아니다. 피로를 푸는 시간도 필요한 법이다. 그 시간 동안만이라도 쿠에나의 제안을 해보는 건 나쁘지 않은 선택이다.

"그건 아는 것이다. 하지만 말로만 그치는 것이 싫은 것이다. 난 말한 것은 해내고 싶은 것이다."

"오~ 훌륭하네."

"에헤. 부끄러운 것이다."

로니가 얼굴을 빨갛게 물들였다.

"로니."

쿠에나가 진지한 표정으로 마주 봤다.

눈에 강한 힘이 있다.

로니도 시선을 맞추기 상당히 어려운 듯이 우왕좌왕했다.

"뭐, 뭐냐?"

"넌 강해. 그건 온 대륙에 있는 누구나가 인정. 왜냐하면 'S 랭크'니까."

"뭐, 뭐어 당연한 것이다. 에헤."

"그렇기에 네 발언은 큰 영향력을 가져. 이곳 수도 오헤마스라면 더더욱."

"음. 그 말대로인 것이다."

쿠에나가 치켜세우자 로니는 엄숙하게 (실제로는 다 감추지 못한 웃음으로 입가가 풀어져 있지만) 고개를 끄덕였다.

"그럼, 설령 네가 실행으로 옮기지 않더라도 '약자를 위한 환경을 만들겠다'고 선언한 시점부터 입에 발린 말로는 끝나지 않을 거야. 그 말에 세상에 반드시 반응할 테니까."

"그런가?"

그런 건가?

솔직히 나도 의문스러웠다.

"만약 로니가 실행에 옮기지 않더라도 항간 사람들의 사고방식이 바뀌는 계기가 될 거야. 좀 더 환경을 좋게 만들어줬으면 좋겠다, 더 좋은 대우를 해줬으면 좋겠다, 그렇게 생각해도 괜찮구나, 라고."

"확실히, 그런 것이다."

그건 그렇지.

"만약 약속을 지키지 못했다고 해도 시도했다는 걸 평가해줄 거야. 로니는 그 서류에 기록된 많은 수인족을 수도로 다시 데려오고, 떠나려던 사람들도 잡을 수 있어."

"과연. 그 말대로인 것이다!"

쿠에나의 의기양양한 말투에 로니가 고개를 끄덕였다.

확실히 설득력이 있다. 게다가 상승지향적인 로니의 성격을 잘 이용했다. 쿠에나에게서 사람을 다스리는 제왕의 오오라가 조금 느껴지기는 했지만.

"그럼 내 말대로 해줄 거지?"

"알겠다. 뭘 하면 되는 것이냐?"

깔끔하게 로니를 구슬렸다. 엄청난 화술과 수완이다. 역시 루이나의 동생이다.

◇

오우거에게 습격당한 마을에서는 복구작업이 진행되고 있었다. 이런 일이 익숙한지 마을 안쪽부터 순차대로 건물을 고치고 있었다.

우리의 목적지인 가게도 문제없는 것 같았다.

"우리가 가는 곳이 매직 아이템 가게인 것이냐?"

"그래. 그들의 주요 산업 중 하나가 매직 아이템 제작이니까. 유달리 천대받고 있기도 하고."

"흐~음."

로니는 가게 앞에 멈춰서서 들어가기를 망설였다. 표정이 썩 좋지 않았다. 매직 아이템 자체에 좋은 인식이 없는 탓이다. 지난 역사가 부정적인 감정을 부추기는 것이다.

"있잖아, 빨리 들어가지 않을래?"

나는 내게 모여드는 시선을 느끼며 로니를 재촉했다. 우리가 같이 있는 모습을 보여줘서 좋을 건 없다.

그때, 누군가가 나에게 말을 걸었다.

"저, 저기, 지드 씨."

수인족 사람들이 각자 손에 뭔가를 들고 내게 다가왔다.

"……왜?"

나는 반사적으로 경계하면서 되물었다.

아니, 이들은 그리 강하지 않다. 나와 싸우려는 건 아니다.

하지만 갑자기 폭언을 들을 가능성은 있다.

"──어제는 감사했습니다. 이거, 답례예요."

"내 것도 받아줘. 딸을 구해줘서 고마워."

"나도! 감사합니다!"

어어……?

꽃다발과 생선 등이 차례차례 내 손에 쌓였다.

이윽고 다 들 수 없게 되자 다시 발치에 쌓이기 시작했다.

"인기 많네, 지드."

"최근에는 차가운 시선만 받아서인지 왠지 기뻐."

예상했던 태도와의 갭으로 인해 눈물이 날 것 같았다.

이래저래 하여 감사와 물품을 받으면서 진정될 때까지 어느 정도의 시간이 걸렸다.

"어라. 시끄럽다 싶었는데 여러분이었나요. 무슨 일 있나요?"

매직 아이템 가게의 주인인 비쿠탄이 얼굴을 내밀었다.

"미, 미안. 갑자기 사람이 모여서. 여기에 있는 물건은 어떻게든 정리해둘 테니까 잠깐 시간을 줘."

정신을 차리고 보니 비쿠탄의 가게 앞에 물건이 어질러져 있었다.

하지만 비쿠탄은 빙긋 웃음을 지은 뒤에 가게 안으로 돌아가서 뭔가 손잡이가 달린 판자 같은 것을 가져왔다.

그 판자는 마력을 띄고 있었다. 매직 아이템이다.

"자, 이걸 사용해 주십시오. 중량이 경감됩니다."

"미안해, 고마워. 그리고 비쿠탄, 할 얘기가 있어."

"흠. 저에게?"

"내가 아니라 이 둘이 할 얘기지만."

쿠에나와 로니에게 시선을 돌렸다.

뭔가 알아차린 듯한 비쿠탄이 고개를 끄덕이고 문을 활짝 열었다.

"그럼 안으로 들어오시죠. 짐을 둘 곳도 있으니까요."

비쿠탄의 호의를 받아들여 선물을 정리해서 안으로 들어갔다.

가게 안은 한산……하지 않고, 매직 아이템들이 먼지 하나 없이 깨끗한 채로 판매되고 있었다.

아직 오픈 전인 것 같지만, 평소에는 성황을 이루고 있는 모양이다.

"그래서 하실 이야기가 뭐죠?"

우리가 책상에 둘러앉자 비쿠탄이 차와 과자를 내오며 물었다.

비쿠탄은 약간 경계하는 기색이었다. 옆에 로니가 있기 때문일 것이다.

"매직 아이템을 로니에게 꼭 보여줬으면 해서."

쿠에나가 말했다.

이론보다 증거인 것이리라. 먼저 로니에게 매직 아이템의 대단함과 비쿠탄과 같은 사람들의 유용성을 전하려는 것이다.

"지드 씨의 부탁이라면 그 정도는 상관없습니다만, 무엇이 필요하신가요?"

"생활용품부터 전투용까지 폭넓게."

"그렇군요. 그럼 우선 간이 욕실부터 보시지요."

그 뒤로 비쿠탄은 다양한 매직 아이템을 보여줬다.

일주일 정도 노숙해도 쾌적하게 지낼 수 있는 욕실과 조리기구.

짐을 압축해서 보유할 수 있는 파우치.

상대와 통화할 수 있는 통신용 귀걸이.

전부 충분히 실용적이고 편리한 물건이었다.

심지어 나도 처음 보는 물건이 많이 있었다. 몇몇은 사고 싶었지만, 지금은 그럴 분위기가 아니라서 자중했다. ……나중에 사두자.

매직 아이템은 다행히 로니의 관심을 그럭저럭 끈 것 같았다.

"재밌었던 것이다. 원정이 편해진 건 너희 덕이었던 것이구나."

"그랬으면 좋겠습니다만, 이걸 만든 기술들은 대부분 인간의 기술을 응용한 겁니다."

"흐음?"

"이곳에선 매직 아이템 연구를 제대로 할 수 없습니다. 환경도, 그리고 저희를 바라보는 시선도 좋지 않지요. 아이템 개발에 뜻이 있는 자들은 이미 먼 곳으로 옮겨갔습니다."

로니가 협력적이라고 판단하자 비쿠탄이 현재 상황을 전했다. '그녀라면 어떻게든 해줄지도 모른다'는 희망을 본 것이다. 교섭이 능숙했다. 수인족의 마을에서 매직 아이템 가게를 낸 게 그저 허세는 아닌 모양이었다.

"그 소식은 들은 것이다. 하지만 실제로는 이렇게 큰길에 매직 아이템 가게가 열려있고 비난하는 자도 없는 것이다. 불만은 어느 일에든 있고, 불평하면 끝이 없는 것이다."

"큰길에 가게를 열고 있는 자는 저뿐입니다. 대부분은 뒷골목이나 마을 중심에서 떨어진 곳에만 있죠. 무엇보다 연구에는 비용이 듭니다. 수인족은 매직 아이템을 다루는 일을 낮잡아보고 관심을 주지 않지만, 원래는 소박한 생활을 하고 있었던 만큼 단번에 생활을 편리하고 쾌적하게 해주는 매직 아이템 자체의 수요는 높습니다. 금맥이 있다는 걸 알고 있지만, 곡괭이가 없다……그것이 현 상황입니다."

비쿠탄은 강하고 정중한 말투로 대답했다.

인간을 따라가기만 해서는 수인족에게 적합한 매직 아이템을 만들 수 없다. 비쿠탄과 같은 사람들이 만드는 물건에는 한계가 있을 것이다. 그건 나도 알 수 있는 사실이었다.

"흐~음. 전투용 매직 아이템도 있다고 했는데 정말인가?"

"지하에 있습니다. 보여드리지요."

비쿠탄을 따라 계단을 내려가니, 1층보다 넓은 공간이 펼쳐져 있었다. 벽은 돌로 튼튼하게 지어져 있었고, 위쪽으로 마력으로 코팅되어 있었다. 겉보기 이상으로 튼튼했다.

아마 여기는 시제품이나 완성품을 시험하는 곳일 것이다. 이렇게까지 엄중하다면 쓸만한 물건을 기대할 수 있을 것 같다.

"현재는 불과 물과 얼음, 그리고 바람 마법을 만들어내는 아이템이 인기입니다. 흙이나 나무로 검이나 창을 형성하는 마법도 있고요. 물론 수인 전사는 전투용 매직 아이템을 사지 않지만요……."

비쿠탄의 나약한 말 따위는 로니의 귀에 닿지 않는 듯했다. 그건 무정한 것이 아니다. 그녀의 관심이 매직 아이템에 집중되어 있기 때문이다.

"가장 위력이 센 것을 보고 싶은 것이다."

로니도 비쿠탄도 알고 있다. 지금이 중요한 때다. 만약 로니가 매직 아이템을 유용하다고 판단하면 비쿠탄이 아까 전처럼 약한 소리를 하는 일이 없어질지도 모른다. 그건 로니 입장에서도 바라던 바일지도 모른다.

"그럼 이걸. '염뢰'라는 매직 아이템입니다."

빨간색과 노란색의 색조를 가진 마름모꼴의 유리 같은 물건이었다.

그리고 비쿠탄은 지하실에 설치되어 있던 목제 인형을 가리켰다.

"이 인형의 강도를 확인해주십시오."

"오~, 좋은 소재인 것이다. 딱딱한 것이다."

로니가 문을 노크하듯이 인형을 두드렸다.

콩콩 하는 경쾌한 소리가 울렸다.

나와 쿠에나도 만일을 위해 확인차 두드렸다. 확실히 딱딱하다. 이걸 베는 건 아마 큰 나무를 반으로 자르는 것보다 어려울 것이다.

그 모습을 만족스럽게 본 비쿠탄이 목제 인형을 떨어뜨려서 놓았다.

"저보다 앞에 나오지 마세요. 그리고 소리가 엄청나니 주의하십시오."

비쿠탄이 그렇게 충고하고 '염뢰'를 깨부쉈다.

산산조각난 파편이 손에 남았다.

비쿠탄이 그 조각들에 미량의 마력을 주입한 뒤에 공중에 던졌다.

그러자 크고 날카로운 소리가 울리고 불꽃과 번개가 혼합된 마법이 전방을 덮쳤다.

(목제 인형도 순식간에 숯가루가 되는 건가.)

인형은 사라지고 타서 눌어붙은 검은 숯이 비명처럼 연기를 뿜었다.

(과연. 이만한 위력이라면 전투에도 쓸 수 있겠어.)

발동시키기까지는 시간차가 있었다. '염뢰'를 잘게 부순 것과 마력을 주입하는 과정이다.

하지만 그건 우리를 위해 천천히 보여준 것일 것이다. 익숙해지면 통상적으로 마법을 쓰는 속도와 비슷해지지 않을까.

중요한 마법의 질은 B랭크 상위부터 A랭크 하위 정도. 단발이지만 노련한 숙련자 수준의 마법이다. 게다가 위력에 비해 마력은 거의 사용하지 않았다.

"확실히 쿠에나가 역설할만한 것이다."

로니가 감탄하면서 말했다.

그리고 앞으로 나와 열을 띤 숯을 잡았다.

"하지만 매직 아이템은 그렇게 많이 가질 수 없다고 생각하는 것이다. 그리고 마법은 트리거 역할을 하는 '영창'이 있지만, 매직 아이템은 폭발해서 사고를 일으키면 그걸로 끝이 아닌가?"

"네, 그 말이 맞습니다. 취급은 신중하게 해야만 합니다. 그리고 가격도 조금……."

"요컨대 마법을 쓰지 못하는 사람을 위한 도락――이라고, 옛날의 나라면 그렇게 말했을지도 모르는 것이다. 하지만 시야는 넓게 가져야 한다. 멀리 봐야 한다. 인 것이다."

로니가 턱에 손을 댔다.

그리고 잠시 생각한 뒤에 비쿠탄에게 물었다.

"인간이 매직 아이템을 더 잘 쓴다고 한 것이냐?"

"네, 굉장히 잘 쓰죠. 소문에 따르면 이번에 여신님께 선택받은 현자 님은 마법 실력이 뛰어나지 않다고 합니다. 그 대신 매직 아이템을 구사하여 전투한다고 들었습니다."

그건 나도 처음 듣는데.

미래적인 전투 방식이라 해야 할까. ……어라, 나도 매직 아이템을 연습해두는 편이 좋은가?

"현자…… 인간에겐 '염뢰' 이상의 매직 아이템은 존재하는 것이냐?"

"'염뢰'는 제가 만든 모조품입니다. 인간들이 쓰는 매직 아이템은 더 엄청났습니다."

아니, 그건 과장이잖아.

전투용 매직 아이템을 몇 번인가 본 적이 있는데, 비쿠탄이 만든 이 '염뢰'는 높은 완성도를 자랑했다.

"게다가 인간은 매직 아이템 운용에 익숙합니다. 전장에서 그때그때 필요한 걸 정확하게 고르거나 응용할 수 있지요."

실제로 나도 몇 가지 아이디어가 떠올랐다.

예를 들어 먼저 소개해준 용량을 압축해주는 파우치에 공격용 매직 아이템을 조합해보자. 만약 파우치를 여러 개를 가지고 허리에 차면 여러 마법을 거의 무한하게 쓸 수 있을 것이다.

숙련된 자라면 더 복잡하고 수준 높은 사용법도 생각해냈을 것이다. 이 분야의 장래성은 엄청날지도 모른다.

로니도 그걸 느낀 듯했다.

"……전투 양상이 크게 바뀌는 건가?"

"대규모 전투에서는 이미 변화의 징후가 보인다고 합니다. 웨이라 제국은 이미 실전 도입을 추진하고 있습니다."

"음…… 인간과는 오랫동안 싸우지 않아 몰랐던 것이다."

갑작스럽고 놀라운 이야기인지 로니가 한순간 주춤했다. 매직 아이템이 그렇게 널리 활용되고 있으리라고는 상상도 못 했을 것이다.

나도 그냥 들은 적이 있는 정도였지만…….

웨이라 제국 이야기에 나는 쿠에나에게 시선을 던졌다. 그러자 쿠에나가 고개를 저었다.

"나라고 다 아는 건 아니야. 애초에 군사 관련은 기밀인걸."

"어느 쪽이든 수인족도 이대로 있을 수는 없는 것이다."

로니가 도발적인 눈빛을 보였다. 눈은 마음의 창이라고 하는데, 그녀의 일을 해내려는 기력이 엿보였다.

쿠에나의 책략이 먹힌 것 같다.

"너! 이름은 무엇인 거냐?"

"비쿠탄이라고 합니다. 어릴 때부터 매직 아이템을 다루었죠."

비쿠탄의 한쪽 토끼 귀가 뾰 하고 곤두섰다.

"내가 최고전사가 되면! 널 '수호자'로 임명해주는 것이다!"

"……?!"

비쿠탄이 놀라움을 감추지 못했다.

우리도 대범한 발언에 깜짝 놀랐다.

"저, 전 매직 아이템을 조금 다룰 줄 알 뿐입니다. 수호자만큼 싸우지는…….

"시대는 변하는 것이다! 내 시대의 수호자는 힘만 있는 것이 아니다. 머리를 쓸 수 있는 녀석도 원하는 것이다!"

"이럴 수가……."

"바로 매직 아이템을 몇 개 사는 것이다. 나도 실전에서 쓰는 것이다."

직접 시험해볼 생각인 듯했다. 사실상 로니가 매직 아이템을 인정한 것이다.

"직접 말씀입니까?"

"음. 내가 쓰면 모두 따라오는 것이다. 그러면 매직 아이템을 바라보는 시선도 변할 것이고, 비쿠탄의 가게와 다른 매직 아이템 가게도 번성하는 것이다!"

"그렇게 되면 큰길에 매직 아이템 가게가 늘어나겠네. 지위 향상으로 이어지는 거 아냐?"

쿠에나가 보충하듯이 말했다.

"……감사합니다. 다들 기뻐할 겁니다."

비쿠탄이 눈꼬리에 고인 눈물을 손가락으로 닦았다.

비쿠탄의 말로는 저번 오우기 사건 때 도와준 일로 주민들이 내게 긍정적인 인상을 품었다고 한다.

즉 나는 이 마을에서는 군이 시선을 피해서 다닐 필요가 없었다.

결과, 나는 선물을 실은 판자를 양손으로 붙잡고 다른 두 사람과 함께 큰길을 걷고 있었다.

"이야~, 너희 덕분에 좋은 것을 잔뜩 알 수 있었던 것이다! 감사하는 것이다!"

"감사하는 김에 가르쳐줬으면 하는데, 왜 '인 것이다'라면서 말하는 거야?"

"당연히 위엄을 보이기 위해서인 것이다. 너 역시 박력을 느끼지 않은 것이냐?"

"……뭐, 그런 걸로 해두자."

내가 받아들이는 방식이 이상할 뿐일지도 모른다.

애초에 리프의 말투도…… 아니, 이 이상 생각하는 건 그만두자. 어쩌면 이게 보통일지도 모른다.

"그래서 너희는 이제 어디로 가는 것이냐?"

"우선 길드지. 지드가 받은 걸 집으로 보내야 하니까."

"아 참, 쿠에나의 집에 보내도 돼?"

"그래."

"땡큐."

길드의 수송 시스템은 편리하다. 상회들과 계약을 맺고 신속하게 목적지까지 옮겨준다. 덕분에 썩을 걱정도 없다.

더구나 모험가라면 요금을 할인해준다.

"흐음. 그럼 일단 여기서 헤어지는 것이다."

"로니는 뭐 할 거야?"

"매직 아이템을 여기저기서 사 모으는 것이다. 비쿠탄에게 받은 '염뢰' 외에도 이것저것 필요한 것이다."

"선전이구나. 다녀와."

"음! 또 만나는 것이다!"

손을 크게 흔들며 빠른 걸음으로 떠나갔다.

상당히 호탕한 녀석이다.

"이걸 노리고 하는 거라면 대단한 녀석이네."

"무슨 소리야?"

"로니 말이야. 쟤는 매직 아이템이 굉장하다는 걸 직접 보여주고 싶을 뿐이겠지만, 그것만으로도 매직 아이템 업계 종사자들은 그녀의 편을 들어줄 거야."

긍정적인 감정은 긍정적인 감정을 불러일으킨다는 뜻인 걸까.

"하지만 반감도 살 텐데?"

"그렇겠지. 매직 아이템을 싫어하는 수인도 있으니까. 로니는 지금부터 그 비판적인 시선을 물리치고 나아가야겠지."

쿠에나가 의미심장한 표정으로 고개를 끄덕였다.

그건 즉, 사람들이 매직 아이템을 어떻게 생각하느냐에 따라 투표 결과가 갈린다는 이야기가 아닌가?

"그럼 도박 아냐?"

"꼭 그렇지만은 않아. 매직 아이템은 이미 수인의 생활에도 스며들고 있으니까. 로니의 선전으로 매직 아이템의 실효성을 깨달으면 자연스럽게 로니를 향한 관심도 높아질 거야. 그리고 '약자'에게 동조하는 사람들이 나타나겠지. 뭐 인간의 척도지만."

쿠에나는 웃으며 말했다.

로니의 행동만 봐서는 가벼운 것 같은데, 쿠에나의 말을 들으니 로니가 실은 상당히 영리한 게 아닐까 하는 생각이 들기 시작했다.

잠시 걸어 우리는 길드에 도착했다.

"그럼 나는 이 짐을 맡기고 올게."

"다녀 와. 나는 그동안 난 수면실을 빌려볼게."

"어?"

"길드에 돈만 내면 빌릴 수 있어. 추가 요금을 내면 식사도 나오고 목욕도 할 수 있지."

"……그러고 보니 그런 게 있었지. 아니, 왜 어제는 잊고 있었지?"

"……깊이 생각하지 마. 이제라도 떠올렸으면 됐지."

쿠에나가 부끄러움이 뒤섞인 목소리를 냈다.

길드에 문의했으면 어제도 빌려줬을 텐데. 수인족의 영토에 와서 너무 경계하다보니 잊어버린 모양이다.

지금은 수인 중에서 지인들이 생기면서 여유가 나와 시야가 넓어진 것이다.

아니면…… 용사 사퇴 후 시선을 너무 의식한 나머지 무의식 간에 다른 사람과 엮이기를 피하고 있었거나.

"이 짐의 수송을 부탁하고 싶은데."

나는 수인족들이 준 선물을 접수처에 맡겼다.

"네. 어디로 보낼까요?"

접수처의 수인이 태연하게 대응했다.

어제 왔을 때보다 분위기가 온화했다.

아니 내가 너무 의식했을 뿐인가? 수인족의 영토에 오자마자 시비가 붙기는 했는데.

나는 접수처 직원의 도움을 받아 무사히 수송을 접수했다.

"음, 혹시 지드 씨인가?"

"응? 아아, 토이포구나."

배낭을 메고 손에는 피켈을 든 풍채 좋은 중년 남자가 말을 걸어왔다.

행색은 평범한 아저씨 같지만, 이래 봬도 토이포는 나와 마찬가지로 S랭크에 달한 '탐색가'다.

"하하, 소문 들었어어. 용사가 되기를 거절했다면서어?"

"귀찮을 것 같아서 거절했어. 그런데 설마 그걸로 사방에서 시비를 걸어댈 줄은…….."

"그야 그렇겠지이. 오히려 별일 없어서 다행이야아. 그런데, 왜 여기 있지이? 내가 수호자들에게 들은 이야기로는, 지드 씨 수인족의 강자들이 노리고 있다던데에."

"되찾고 싶은 물건이 여기에 있어서 말이야. 토이포는 왜 여기에?"

내 질문에 토이포가 한 장의 종이를 꺼냈다. 의뢰서였다.

"최근 오우거가 날뛰고 있다고 하니까 섬멸…… 다시 말해서 토벌을 도와주는 거지이. 이야기에 따르면 오우거 킹까지 나왔다고 난리라고오."

"──토이포 씨, 회의 장소가 정해졌으니 갑시다."

토이포 뒤에서 남자가 다가왔다.

호랑이 귀를 가진 수인이었다. 털이 전부 황금색이고 몸집이 컸다. 얼핏 봐도 강하다는 걸 알 수 있었다. 몸짓에서 전장을 수도 없이 경험해온 자라는 걸 알 수 있었다.

"오, 그런가 그런가아. 아~, 그러고 보니 소개를 해둘까나아. 지드 씨, 이쪽은 레노 군. 내 조수 겸 제자이자 대호족. 참고로 작년의 수인족 S랭크야아. 레노 군한테는 지드 씨를 소개할 필요 없겠지이."

"네. 지드 씨의 이야기는 몇 번이고 들었으니까요."

좀 부끄럽다.

"잘 부탁해, 지드야. 나도 작년의 S랭크니까 동기네."

"네, 잘 부탁드립니다."

악수를 나눴다.

레노는 20대 후반 정도인가.

"서두르고 있지? 얘기는 다음에라도."

"그렇네에. 그럼, 또 봐아."

"실례하겠습니다."

"그래, 또 보자."

토이포가 늘어지는 목소리를 내고 떠나갔다.

나도 그에 응해 가볍게 손을 흔들었다.

"지드. 묵을 곳을 구했어. 이건 네 방 열쇠."

마침 타이밍 좋게 뒤에서 쿠에나가 말을 걸어왔다. 손에는 수면실용 열쇠가 있었다.

"내 방까지 잡아준 건가. 고마워. 얼마였어?"

"됐어, 신경 쓰지 마."

"아니, 그럴 수는 없지. 오히려 내 일로 여기까지 온 거니까, 내가 전부 내야 한다고."

"진짜 괜찮다니깐. 난 지드가 없었으면 루이나에게만 집착했을 것 같으니까. 너한테는 감사하는 마음이 가득한걸?"

"아니아니아니, 내가 더……."

"후후, 됐다니까. 그보다 오늘은 뭐 할래?"

쿠에나가 억지로 이야기를 흘렸다.

그 매력적인 웃음에 휩쓸렸다.

"음…… 그렇네. 뭐 할 일이 있었나?"

"미리 말해두자면 아직 밖으로는 돌아다니지 않는 편이 좋을 거야. 여전히 미움받고 있을 거니까."

"그래? 그럼 산책이라도 할까?"

"대단하네. 방금 내가 한 말을 듣긴 한 거야?"

쿠에나가 황당한 얼굴로 타박했다.

호기심이 끓는데 어쩔 수 없잖아. 아직 관광조차 못 했는걸.

"미안, 수인족령은 처음이라. 지금부터는 따로 행동해도 나는 상관 없다만……."

그런 말을 하자 쿠에나가 볼을 빵빵하게 부풀렸다.

"여기까지 왔으니까 같이 있을 거야. 어차피 딱히 할 일도 없고."

쿠에나가 내 볼을 꼬집었다.

"아하, 아흐아니깐……!"

"날 두고 가려 한 벌이야."

아무래도 내 배려는 쓸데없었던 모양이다.

어떻게든 사과하고 용서를 받았다.

"오오, 굉장하네."

하늘 높이 뜬 기구에서 로니의 선전이 나오고 있었다.

온 거리가 가벼운 축제 분위기였다.

게시판에도 로니가 그려져 있었다.

그뿐만이 아니다. 로니의 멋진 전투 장면들이 공중에 투영되고 있었다.

거리도 곳곳에서 로니의 입체 영상이 흐르고 있었다.

"이게 다 매직 아이템인가? 마력이 느껴져."

신기한 투영 영상을 본 수인 아이들도 '와아! 굉장해!'라며 떠들었다.

"이게 소문으로 듣던 3D구나. 굉장하네."

"이런 기술이 있었다니……."

"몹시 고차원적인 기술인 데다가 제작 비용이 상당해서 아직 실용 영역에는 도달하지 못했다고 들었지만⋯⋯."

쿠에나도 신기하다는 듯이 보고 있었다.

크제라의 왕도에서도 보지 못한 신기한 것들 뿐이었다.

그때 누군가가 내게 말을 걸었다.

"오, 지드 씨, 오셨군요! 어떻습니까, 저희의 역작이! 오헤마스의 모든 매직 아이템 장인이 힘을 모았습니다!"

어딘지 자랑스러운 듯이 갈색 토끼 귀를 가진 남자가 말을 걸어왔다.

"아, 비쿠탄. 그럼 이게 전부 너희가 준비한 거야?"

"네. 이런다고 최고전사가 될 수 있는 건 아니겠지만, 조금이라도 도움이 됐으면 해서요."

"대단하네. 거리의 분위기가 전혀 달라."

"그만큼 수인 중에도 변혁을 원하는 자들이 있다는 뜻이겠지."

쿠에나의 말대로 대대적인 홍보였다. 이만한 규모의 홍보라면 로니에게 이목이 쏠리는 건 확실했다.

"그럼 전 이만, 선전을 더 준비해야 하니."

비쿠탄이 가볍게 인사하고 떠나갔다.

일이 순조롭게 진행되어 가는 모양이었다.

적어도 이때까지는.

다음 날.

해가 다 뜨기도 전, 아침을 먹고 있던 나와 쿠에나의 귀에 떠들썩한 소리가 들렸다. 로니의 목소리였다.

"──정신 차리는 것이다! 지금 치료사가 오고 있는 것이다!"

불길한 예감에 현장까지 달려가니, 로니가 비쿠탄을 붙잡고 소리치고 있었다.

비쿠탄 옆에는 작은 아이도 쓰러져 있었다.

"왜 그래! 무슨 일이야?!"

"모르겠는 것이다! 나도 이제 막 와서……!"

"비쿠탄, 뭐야? 무슨 일이 있었어?!"

"……사자…… 족이…….”

비쿠탄이 아주 어렵게 말을 자아냈다.

하지만 그 후로는 괴롭게 숨을 쉬기만 할 뿐이었다. 아무리 불러도 반응이 없었다.

"사자족……!"

로니의 눈동자에 노기가 깃들었다.

때마침 달려온 치료사가 비쿠탄 일행을 살피고 급히 어디론가 옮겨갔다.

치료사를 따라온 수인, 츠비스가 주변을 둘러보더니 날 붙잡고 소리쳤다.

"어이, 뭐냐 이 소란은?"

그러자 로니가 마치 원수를 본 것처럼 격분했다.

"너! 왜 비쿠탄을!"

"뭣?! 아니다! 내가 아니야!"

"비쿠탄은 사자족이 했다고 말한 것이다! 사자족 중에 이번 성제에 참가한 건 너뿐인 것이다! 날 선전해준 비쿠탄이 방해돼서 참을 수 없었던 것이냐!"

"……제길, 그렇게 된 건가. 하지만 난 아니야. 그리고 애초에 싸움에 진 그놈들이 잘못한 거잖아."

츠비스가 침을 뱉듯이 말했다.

주위 수인들은 츠비스의 말에 동조하는 분위기였다.

아무리 비쿠탄이 매직 아이템이 대단하다는 것을 보여줘도 수인족 사회에 뿌리박힌 가치관은 견고했다.

"그 생각은 이상한 것이다!"

"이상하다니? 그럼 약한 놈의 편을 들라는 거냐?"

"확실히 그들은 약한 것이다. 하지만 난 그들에게 경의를 가지고 있는 것이다! 난 강해도 매직 아이템은 만들 수 없는 것이다!"

그러자 주변에서 희미하게 냉소가 들려왔다.

하지만 모두가 웃는 건 아니었다. 이 일을 심각한 표정으로 바라보는 수인들도 제법 있었다.

"하하하! 이봐 이봐. 너희들 들었냐."

그때 로게스의 목소리가 들려왔다. 그는 수호자 몇을 이끌고 이곳으로 다가왔다. 모두 사자족인 것만 봐도 로게스의 동료라는 걸 알 수 있었다.

그들은 로게스의 물음에 '말도 안 되지'라던가 '바보같은' 하고 내뱉으며 로니를 비웃었다.

"뭐냐~, 너희들인 것이냐. 최고전사가 되지 못한 화풀는 다른 곳에서 하는 것이다. 여긴 아버지의 영지다. 바보 같은 짓 하지마라, 인 것이다."

가는 말이 고와야 오는 말이 고운 법이다.

로니도 가차 없이 그들을 매도했다.

"이 계집이…… 오이토마의 핏줄이라고 봐줄 줄 아느냐!"

"풋. 패배한 개…… 아니, 패배한 새끼고양이가 협박해도 우스울 뿐인 것이다."

로니의 말에 아까까지 츠비스 옆에 서 있던 '강자' 수인들도 로게스를 비웃었다.

어디까지나 오이토마야말로 최강이라는 것을 나타냈다.

대세는 명확했다.

로게스는 분노하여 로니에게 달려들었다.

힘으로 힘을 뒤집으려면 싸우는 수밖에 없다.

"……——!"

로니가 첫 공격을 받아넘겼다.

하지만 로게스도 입만 산 것이 아니었다.

공격의 연계가 뛰어났다. 경험의 차이란 건가.

로니는 타고난 센스로 대응했지만 한 수 가까이 밀리고 있었다.

로니의 대응이 차차 밀리기 시작했다.

"그만해."

나는 둘 사이에 끼어들어 로게스의 손목을 잡았다.

"방해하지 마라!"

로게스의 오른발 하이킥이 내 머리를 향해 날아왔다.

상당한 위력이었지만 나는 가볍게 왼손으로 방어하며 놈의 품으로 파고들었다.

——문득 뒤에서 쿠에나의 시선이 느껴졌다.

인간은 수인족과 동맹을 관계. 대놓고 싸우면 문제를 빚을 수도 있다는 뜻이다.

(걱정하지 마. 나도 알고 있어.)

로게스가 방어 자세를 취했다.

올바른 판단이지만 난 끝까지 공격할 생각은 없었다.

"먼저 시비를 걸어온 건 너희잖아. 로니는 성제에 나가야 해. 이쯤에서 그만해."

"——그래서 한 거다."

로게스가 작게 중얼거렸다. 나에게만 들릴 정도의 목소리였다.

악의를 숨기려고 하지도 않았다.

로게스가 먼저 힘이 담긴 주먹을 날렸다.

나는 가볍게 막아냈다.

(알고도 했다는 거지.)

여기서 로니를 제거할 생각인가.

이 녀석들은 사자족을 최고전사의 자리로 돌려놓으려는 것이다.

"왜 최고전사에 집착하지? 어차피 지위와 명성밖에 없잖아."

"……모르는 것 같으니 가르쳐주지. 수인족에겐 지위와 명성이 전부다!"

로게스뿐만이 아니었다.

다른 수호자도 가담했다.

호흡이 잘 맞는 연계다. 마치 사냥당하는 듯한 기분이 들었다. 이들의 정교한 연계가 그 숲을 떠올리게 했다. 자연의 전투 방식이라고 할까. 사람은 무기를 들고 연계하지만, 수인은 체술이 기본이다. 내 기분이 멋대로 고양되었다. 하지만 나는 그를 건들 수 없다.

"──거기까지다!"

그때 우렁찬 목소리가 이 상황을 멈췄다.

로게스 일당의 시선이 목소리의 주인에게 향했다. 이들의 전의가 수그러드는 걸 보고 나의 시선도 그에게 향했다.

"오이토마…… 님."

로게스가 못마땅하다는 듯 그를 바라보았다.

"뭐냐, 이건?"

오이토마의 물음에 로니가 앞에 나섰다.

"내 지인이 폭행을 당한 것이다."

"흠. 누구에게?"

오이토마의 시선에 내게 향했다.

수호자에게 둘러싸인 상황인데다가 난 다른 종족이다. 의심을 받아도 이상하지 않았다.

하지만 상황을 보던 다른 수인들이 상황을 설명했다.

"피해자는 '사자족에게'라는 말을 남겼습니다."

"사자족인가. 로게스, 츠비스. 아는 대로 실토해라. 사자족은 너희가 통솔하고 있지 않나."

오이토마의 찌르는 듯한 안광이 그들에게 쏟아졌다.

"전 아무것도 모릅니다."

츠비스는 지극히 냉정했다.

이 상황에 바로 대답할 수 있는 건 거짓말이 아니기 때문일 것이다.

"넌 어떠냐? 로게스."

"……."

로게스가 선택한 것은 침묵이었다.

"그렇군."

오이토마가 주위를 보고 확인했다.

그리고 츠비스를 봤다.

"그럼 츠비스의 성제 참가 자격을 취소한다."

"뭐!"

그 조치에 무엇보다 놀란 건 본인이 아니었다. 로게스가 눈을 크게 뜨고 오이토마를 똑똑히 봤다.

"어째서입니까! 츠비스는 아무것도 안 했습니다!"

그렇게 단언할 수 있는 사람은 실제로 폭행 현장을 본 자뿐일 것이다. 로게스가 츠비스를 옹호한다고 해도 현장에 없었던 같은 패거리의 증언에는 아무런 힘도 없다.

오이토마는 범인을 아는 것이다. 그걸 알고도 츠비스를 처벌했다.

"이 사건을 일으킨 건 사자족이다. 그럼 대표에게 책임을 물어야지."

"그렇다면 차라리 저를······!"

"네가 벌을 받겠다고? 수호자의 자리를 내놓을 텐가?"

"······──!"

로게스의 말문이 막혔다.

"······로게스 씨. 어쩔 수 없습니다. 순순히 받아들이시지요."

츠비스가 로게스를 바라보며 말했다.

성제가 최고전사가 되는 필수 조건은 아니다.

그러나 로게스의 생각은 달랐다.

"츠비스······!"

"······!"

로게스가 츠비스를 싸늘한 눈으로 노려봤다.

그가 세네리아를 놓고 협박했던 건 허세가 아니다. 로게스 일당은 진짜로 건드릴 것이다.

츠비스는 눈을 질끈 감았다.

"······오이토마 님, 부탁드립니다. 성제에 참가하게 해주십시오."

"그렇게 성제가 중요한가? 좋다. 그럼 이렇게 하지. 만약 츠비스가 성제에서 패배하면 모든 책임을 물어 로게스를 수인족령에서 추방하겠다."

"뭣이……! 말도 안 돼! 그럴 수는 없다! 내가 지금까지 얼마나 공헌했는데……!"

"이론은 듣지 않겠다. 이상."

그의 한 마디로 이 상황은 종료되었다.

그 누구도 이에 토를 달지 않았지만, 로게스의 표정은 심히 일그러져있었다.

인파가 해산하자 누군가가 날 불렀다.

"지드 공."

목소리의 주인은 뜻밖에도 오이토마였다.

우리는 오이토마를 따라 낯선 집으로 갔다.

우리 곁에는 수호자도, 쿠에나도 없었다. 오로지 그와 나, 단둘뿐이었다.

"나한테 무슨 용건이지?"

"훗, 별것 아니다. 용사로 선택받은 남자가 어떤지 보고 싶었을 뿐이다."

무슨 의도인지는 모르겠지만 나는 그다지 엮이고 싶지 않았다.

그는 수인족의 대표다. 내 작은 실수 하나로 수인족과 인간의 관계에 흠이 생길 수도 있다. 게다가 난 아직 경어도 제대로 쓰지 못하는 상황이다. 솔직히 이 자리가 부담스럽기 짝이 없었다.

언젠가 경어를 따로 배우든가 해야지 원. 내 손님은 특히나 상류계급 사람이 많으니 진작 배웠어야 했다.

"뭐, 그렇게 심각한 표정 짓지 않아도 된다. 잡아먹으려는 게 아니다."

그는 긴장하지 말라는 듯 가볍게 말을 걸었다.

"단순한 용무라면 굳이 이런 곳까지 올 필요는 없지 않았나?"

쿠에나라도 있으면 내 실수를 커버해줬을 텐데. 하지만 오이토마는 굳이 나와의 독대를 원했다.

"음 사람을 물린 건 이유가 있다. 네게 사과할 일이 있으니 말이다."

뭐 왕이나 마찬가지인 자가 남들 앞에서 고개를 숙일 수는 없는 노릇이지.

"무슨 말이지? 내게 사과할 일이라니."

"성검의 처우를 내가 멋대로 정하지 않았나."

"그건…… 츠비스를 납득시키려면 그럴 수밖에 없었겠지. 그의 말도 틀린 건 아니었으니까. 오히려 덕분에 나도 뒤탈 없이 해결할 수 있게 됐으니 차라리 잘된 일이야."

그것 때문에 자칫 수인족령에서 싸워야 할 뻔했다. 오이토마의 중재 덕에 싸움을 피할 수 있었다.

"아니, 그래도 우리가 빼앗았다는 사실에 변함은 없지. 우리의 잘못이다. 미안하다."

오이토마가 머리를 숙였다.

나는 내심 놀라지 않을 수 없었다. 아무리 잘못했다고 해도…… 아니, 아니다. 지위는 상관없다. 오이토마는 진심을 전하려고 머리를 숙인 것이다. 그는 처음부터 이럴 작정이었다.

즉, 그는 성검이 필요했던 거다.

"알겠어. 그럼 한 가지만 물어보자. 왜 성검을 가져갔지?"

"그 이야기는 다소 민감한 문제다. 외부인에게 할 이야기가…… 아니, 외부인이라고 하기엔 너도 이미 깊이 엮여버렸군. 좋아 설명해주마."

지금 생각해보니 이것도 다 구실이었던 것 같다. 어차피 말할 생각이었으면서 굳이 내게 번거롭게 양해를 구하는 거다. 이야기를 들으면 되돌아올 수 없다고.

"지금의 수인족령의 상황을 바꾸려면 성검 만큼 좋은 게 없다."

"나도 수인족령에 온 후로 많은 걸 봤어. 하지만 이게 성검 하나로 해결할 수 있는 문제인가?"

"그래, 이미 놈들의 '물'은 잔뜩 고여 있으니까."

"이미 포화상태라는 건가."

그가 말한 물이란 불만이나 스트레스 등을 말한다.

"성검이라면 성제의 화제성을 더 끌어올릴 수가 있지. 그럼 승리자도 더욱 주목받지 않겠나."

"즉 성제를 더 화려하게 하고 싶었다고?"

내 대답에 오이토마가 수긍했다.

"그렇다. 덕분에 올해는 성제가 더욱 주목받고 있다. 유례없는 열광을 불러일으키겠지. 그리고 그게 최고의 미끼가 될 거다."

"이미 가득한 '물'을 넘치게 할 생각인가. 사자족을 부추길 작정이로군?"

"오호? 의외로 머리가 잘 돌아가는군. 말투를 보아하니 자란 환경은 썩 좋지 않은 것 같다만."

틀리면 엄청난 실례가 됐을 말이지만, 꿰뚫어 봤으니 할 말이 없군.

"어릴 때는 숲에서 지냈거든."

"그렇군. 제대로 된 교육을 받았다면 다른 길에서도 활약했겠어."

오이토마가 날 칭찬했다.

"네 말대로 난 사자족을 부추길 생각이다. 사자족은 로게스처럼 최고전사 자리에 강한 집착을 갖고 있지."

"그래, 이상할 만큼 강하게 집착하더군."

"음, 지나칠 정도로 집착하고 있지. 하지만 이건 이번 세대만 그런 건 아니다. 사자족이 최고전사 자리를 내줄 때마다 로게스 같은 자들이 항상 있었지. 그들은 한 번도 온전히 있는 법이 없었다. 틈만 나면 최고전사 자리를 노렸지."

"그게 무슨 말이야?"

"말 그대로의 의미다. 놈들은 기회만 생기면 최고전사에게 도전했다. 최고전사란 그렇게 막무가내로 정하는 게 아니야. 수인의 정점을 정하는 행사니 당연한 일이지. 아무 데서나 무작정 치고받는 게 아니야."

수인 사회는 약자를 철저히 무시하는 줄만 알았는데, 오이토마의 말을 들어보니 꼭 그렇지만도 않은 듯했다. 약자의 대우가 좋은 건 아니지만, 그래도 어느 정도 선은 지키는 모양이었다.

"말투를 보아하니 누군가 무작정 도전했다가 엉뚱한 피해자가 나온 모양이군."

"음. 끔찍하게도 수십 명이 사망하는 사고가 일어났다. 나도 흥분하면 벽을 부수기도 하지만, 그건 도를 넘었어."

그렇게 된 거였군.

그들에게 명예란 그리 집착할 만한 것인가. 다른 이들을 희생하면서까지 얻어야 할 만큼?

그러나 그렇게 얻은 건 명예가 아니다. 명예란 칭송을 받아야 의미 있는 것. 칭송 없는 명예에 무슨 가치가 있는가.

"이미 계획은 거의 완성되었다. 한껏 조바심이 달은 사자족이 머지않아 일을 벌이겠지. 아마 성제 전후가 될 거다."

"음? 그거 위험하지 않아?"

"문제없다. 그들이 날뛸 자리를 따로 만들었다. 이 기회에 사자족의 위험분자를 밝혀내서 일망타진할 거다."

상상 이상으로 주도면밀하게 준비한 모양이다.

그만큼 사자족이 가지고 있는 뿌리 깊은 문제를 해결하고 싶다는 것이다.

"상황은 대충 알겠어. 근데 왜 지금이지?"

"츠비스를 알고 있지?"

내가 고개를 끄덕이자 오이토마가 이어서 말했다.

"녀석은 최고전사 자리에 집착하지 않아. 더 중요한 게 있는 거지. 아마 로게스를 반면교사로 삼아 자란 덕일 거다."

마치 자기 자식의 이야기를 하듯이 미소 지었다.

아까 전까지 사자족에 대한 증오마저 내비치는 표정을 짓고 있었는데, 같은 사자족이라 해도 일괄적으로는 부정하지 않는다. 이게 최고전사의 도량인 걸까.

"그녀석을 위한 거라고?"

"그렇다. 사자족의 윗대는 생각이 굳어있어. 모조리 몰아낼 게 아닌 이상이야 손 쓸 도리가 없었지."

연민과 분노.

상반되는 감정이 오이토마로부터 발산되었다.

오이토마가 조용히 이어서 말했다.

"하지만 츠비스가 있다면 이야기는 다르다. 난 이참에 츠비스를 짓누르는 사자족의 억압을 걷어내고 싶다. ……그 과정에 성검이 있다면, 일이 조금은 수월해지겠지."

"그런가. 알았어. 성검은 써도 괜찮아."

"고맙군. 지드 공이 직접 날뛰는 모습도 보고 싶긴 하지만, 지금은 그럴 상황이 아니니."

오이토마가 집중해서 내 눈을 보면서 대담하게 웃었다.

그렇군.

내가 힘으로 성검을 되찾는 상황도 상정했던 모양이다.

확실히, 이런 이야기까지 듣고도 그러기는 좀 어렵지.

"아냐, 그럴 생각은 없어. 근데 성제에서 츠비스가 이겨도 성검은 내 손에 돌아오도록 해뒀지?"

"……."

오이토마가 거북한 듯이 시선을 돌렸다.

"설마 아무 생각도 안 했어……?"

"…………어떻게든 하지."

믿을 수 없을 정도로 작은 목소리였다.

"아니, 그러면 안 되지! 치밀한 계획이 아니었어?! 난 그런 줄 믿고 성검을 빌려준 건데?!"

"크흠. 그, 마지막 한 수를 고민하던 차에 갑자기 성검이 튀어나오면 지드 공이라도 반사적으로 손이 나가지 않겠나?"

"아니 그럼 츠비스가 한 짓이랑 다를 게 없잖아……."

"하하하, 확실히 그렇군. 어쩔 수 없지. 그때는 그냥 힘으로 빼앗아. 그때는 나도 방해하지 않을 테니. 하지만 츠비스는 만만치 않을 거야."

"그러냐. 설령 네가 쥐고 있더라도 되찾을 거야."

너무나도 허술한 작전에 편입된 것에 의한 분노 때문일까. 문득 그런 말이 나왔다.

내 희미한 적의를 민감하게 느껴서인지, 오이토마가 압박을 가했다.

"——오? 나에게 이긴다고?"

보통 인간이라면 기절했을 것이다.

분위기가 순식간에 지상에서 산꼭대기로 변화한 듯했다.

하지만 여기서 물러날 수는 없다.

"그래. 소중한 것이니까."

스피에게 받아 맡은 것이다. 돌려주는 것은 나다.

내가 정면으로 그렇게 답하자, 그 순간 오이토마의 입이 느슨해졌다.

"흐하하하! 설마 이 몸의 위압에 굴하지 않을 줄이야. 수호자 중에서도 그리 많지 않아. 재밌는 녀석이 아닌가!"

"설마 날 시험한 건가?"

"글쎄, 어쩌려나. 오늘은 이만하도록 하지. 좋은 시간이었다, 고맙다."

"그래, 나야말로."

붙잡을 이유도 없으니 그가 가는 모습을 지켜본 뒤에 난 길드의 수면실로 돌아갔다.

로니에게서 연락이 온 건 다음 날이었다.

◇

수도 오헤마스의 길드 지부.

우리는 로니의 부탁으로 그녀의 이야기를 듣고 있었다..

"최악인 것이다. 둘이나 결원이 생긴 것이다……."

"성제의 단체전 동료가 다친 거야?"

"그런 것이다. 습격을 당한 것 같아 회복할 때까지 몇 개월이나 걸리는 것이다."

"역시 이렇게 됐구나."

쿠에나가 예상했다는 듯 중얼거렸다.

"우리도 손 놓고 있던 건 아닌 것이다. 당연히 습격에 대비해서 되도록 함께 행동하도록 하고 있었던 것이다. 하지만…… 결국 안 된 것이다."

"증거도 못 찾았어?"

"그런 것이다."

"보나 마나 그 로게스 녀석의 소행이겠지."

"나도 아는 것이다. 아버지도 성제 후에 추방한다고 했지만, 그보다 더 빨리 두들겨 팬다고 한 것이다."

두들겨 패다니, 그런 풍습인 건가?

어쨌든 이제 수단을 가리지 않게 되었으니 로니 일행도 강하게 경계할 것이다.

"그래서 우리를 부른 건 성제에 내보내기 위해서인가?"

불행중 다행이다.

결원이 두 명이라면 나와 쿠에나로 어떻게든 된다.

"아니, 아직 지드를 싫어하는 수인은 많은 것이다."

로니가 시원스럽게 고개를 저었다.

왠지 평가가 개선되고 있었던 만큼 조금 씁쓸했다.

"그럼 어떻게 해? 츠비스는 로게스를 단체전에 내보내는 거 아니야?"

"아니, 본인이 출전할 때면 모를까, 최고전사와 수호자는 팀 멤버로는 참가할 수 없는 것이다. 애초에 성제 초반에는 아버지와 수호자에게 다른 중요한 일이 있는 것 같은 것이다."

"그나마 다행이네. 로니는 결원 두 명의 대리로 세울만한 사람 있어?"

쿠에나가 걱정스럽게 물었다.

"찾는 도중인 것이다. 하지만 츠비스는 사자족의 막강한 면면들을 갖추고 있는데……."

로니는 그 이상으로 약한 소리를 하지 않았다.

하지만 어두운 표정은 위기라는 것을 강하게 나타냈다.

가능한 한 협력하고 싶지만 미움받는 나와 쿠에나는 직접 도와주기 어렵다.

으음, 누군가 도와줄 수 있는 사람은 없을까.

그때 문득 최근에 만난 사람의 얼굴이 떠올랐다.

"저기, 내가 아는 사람이 있는데, 그 사람한테 도와줄 수 있냐고 물어볼까?"

"괜찮은 녀석이 있는 거냐?"

"둘 다 S랭크야. 토이포와 레노라는 녀석인데."

"오오, 둘 다 들은 적이 있는 것이다! 레노는 나처럼 수호자가 되기를 거절하고 길드로 간 녀석인 것이다!"

아무래도 불만은 없는 것 같다.

나도 토이포라면 믿을 수 있다. 실력은 확실하다.

"아직 수인족령에 있을 테니까 물어볼게."

"부탁하는 것이다!"

"응. ……그런데 로니, 출전을 부탁할 게 아니면 왜 부른 거야?"

"아, 잊고 있던 것이다. 난 충고를 하러 온 것이다."

"충고라니?"

사자족이 혹시 나도 노리고 있나?

"아버지가 지드를 마음에 들어한 것이다."

"어…… 응?"

"아마 조만간 아버지가 부를 테니 조심하는 것이다."

조심하라니, 어떻게? 오이토마는 왕이나 마찬가지잖아?

불리면 어쩔 도리가 없을 거 같은데……. 적어도 지난번처럼 호출을 받으면 응해야만 할 것이다.

……그냥 마음의 준비만 해두자.

"알았어. 고마워."

"그런 것이다! 그럼 성제 멤버에 관해서 진척이 있으면 가르쳐 주는 것이다!"

"그래, 알았어."

◇

로니를 돕기 위해 나는 길드의 접수처를 통해 토이포에게 이야기를 했다.

한창 바쁠 텐데도 토이포는 한 시간 만에 날 찾아왔다.

"그렇군요오. 성제인가아."

토이포에게 사정을 설명하니, 역시 알고 있었는지 이해가 빨랐다.

하지만 반응이 그다지 시원치 않았다.

"의뢰로 요청하고 싶어. 보수도 넉넉하게 줄게."

"으으~음. 돈은 딱히 필요 없는데. 다만 일정이 말이지. 성제는 모레부터지이. 딱 일하는 날과 겹친단 말이지이."

"그렇습니다. 성제의 멤버는 도중 변경이 가능하니 마지막 날에는 갈 수 있겠지만…… 로니 씨의 첫 전투 상대는 투우족. 첫날부터 전력이 빠지면 몹시 어려워집니다."

레노가 덧붙였다.

요컨대 첫 전투부터 토이포 일행이 나가는 것이 베스트라는 것이다.

"애초에 데려온 멤버로 '격'을 헤아리죠오? 역시 처음부터 나가야 의미가 있을 것 같은데에."

일이 난관인가.

그러고 보니 전에 들었지. 분명⋯⋯.

"그럼 내가 토이포의 일을 대신할 수 없을까? 오우거 토벌이지?"

"호오호오, 그럴 수 있다면야 문제없지마안. 레노 군은 어떻게 생각하지이?"

"좋은 생각인 것 같습니다. 다만 그렇게 되면 오우거 토벌 참가 자들과 다시 협의해야 합니다."

"뭐어, 그건 내가 연락하지이."

"고마워 토이포. 로니한테는 내가 전해둘게."

그리고 토이포 일행이 오우거 토벌 의뢰의 절차를 가르쳐줬다.

"토이포와 레노가 도와주겠대."

"우오~! 고마운 것이다!"

로니가 힘차게 양손을 잡고 흔들었다. 이로써 어떻게든 될 것 같다.

"부상자들은 상태가 어때?"

나와 쿠에나는 치료소에 와있었다.

로니와 함께 비쿠탄의 상태를 보러 왔는데, 아직 잠들어 있는 것 같다.

"아이들은 이미 나은 것 같은 것이다. 비쿠탄을 돕다가 가볍게 차인 정도였던 것이다. 하지만 비쿠탄은 좀 더 안정을 취해야 하는 것이다.”

“워낙 호되게 당했으니 말이야.”

“좀 심하게 눈에 띈 것이다. 반성해야만 하는 것이다.”

“아니, 그렇지 않아. 눈에 띄었다고 해서 무력으로 없애려고 하다니, 이상하잖아.”

쿠에나가 로니의 자책을 꾸짖었다.

사실 로니나 비쿠탄은 나쁜 짓은 하지 않았다.

“그래도…… 츠비스에게 미안한 짓을 해버린 것이다. 그 녀석은 아마 상관없었을 것이다.”

“그래, 나도 그렇게 생각해. 아마 로게스 일당의 독단이겠지.”

“그 말대로인 것이다. 그런 비겁한 수단을 쓰는 놈은 달리 없는 것이다.”

“츠비스에겐 사과해두는 편이 좋을지도 모르겠네.”

“그런 것이다. 뒤탈 없이 성제에서 이기려면 필요한 일인 것이다.”

로니가 쾌활한 표정으로 말했다.

내심 배알이 뒤틀릴 정도로 화났을 테지만, 성제를 대비해 냉정함을 되찾았을 것이다.

(성제라…….)

지금까지 로니가 이기기 위해 준비를 해왔다.

매직 아이템 건도 그렇고, 멤버를 모은 것도 그렇다.

목적은 하나다.

성검을 탈환하는 것뿐.

하지만 지금까지 수인족의 내부 사정을 조금씩 알게 됐다. 이젠 무관계하다고 단언할 수는 없을 것이다.

(사자족은 가만히 둘 수 없다.)

츠비스, 세네리아.

그들의 생각과 갈등을 무시할 수는 없다.

갑자기 치료소에 수인이 들어왔다.

츠비스였다.

"뭐야, 왔냐?"

"……그래. 로니가 여기에 있다고 들어서 말이야."

시선이 어색하다.

어쩨 기분이 나쁜 듯하다.

"마침 잘된 것이다. 사과하고 싶었던 것이다. 비쿠탄과 아이들을 공격했다고 의심해서 미안한 것이다."

부끄러움과 미안함을 한데 모아 로니가 사과했다.

하지만 츠비스는 딱히 신경 쓰지 않는 듯했다. 오히려 다른 것을 신경 쓰고 있었다.

"로니…… 그건 용서해줄 수도 있다. 하지만 부탁이 있다."

"부탁? 무엇이냐?"

"성제에 참가하지 마라."

그 순간 정적이 흘렀다.

하지만 뜻밖의 제안은 아니었다.

"난 그렇게까지 해서 용서를 구할 생각은 없는 것이다. 넌 좀더 자존심 있는 녀석인 줄 알았던 것이다."

로니의 명백하게 멸시를 담은 눈빛이 츠비스에게 쏟아졌다.

확실히 츠비스의 부탁은 제대로 된 부탁이 아니었다. 하지만 그걸 내버려 둘 수는 없다. 난 그 정도로 츠비스가 안고 있는 문제와 무관하지 않았다.

"로게스의 협박 때문인가?"

확인했다.

츠비스가 이런 식으로 나오는 이유는 세네리아 외에는 생각나지 않았다.

"협박당한 것이냐?"

"……그래. 만약 내가 성제에서 지면 로게스는 세네리아를 데려갈 생각이야. 최고전사와 수호자를 배출한 '혈통'에 집착하고 있거든."

"……쓰레기들인 것이다."

사정을 파악했는지 로니가 이를 갈았다.

"잠깐, 굳이 로게스를 신경 쓸 필요는 없지 않아? 로니가 이기면 어차피 로게스는 추방이잖아. 츠비스가 이기면 세네리아를 빼앗길 일은 없고. 이렇게까지 할 이유가 있어?"

쿠에나의 말은 지당하다. 하지만 늘 변수가 있는 법.

"로게스가 얌전히 추방당할 리가 없어. 뭔가 수작을 부리겠지.

나는 여동생을 걸고 도박을 할 수는 없어."

츠비스의 주먹에 힘이 들어갔다.

진심으로 세네리아를 걱정하기에 만일의 가능성도 허용할 수 없는 것이리라.

"그렇다면 전부 지켜내는 것이다! 나에게 이기고 로게스도 이기는 것이다!"

"그게 가능했으면 이런 부탁을 할 리 없잖아!"

츠비스는 로니의 이상론을 노성으로 일축했다.

그렇다, 그 말대로다.

힘의 차이는 명확하다.

츠비스는 로게스를 이길 수 없다.

고개를 떨군 츠비스의 볼을 눈물이 타고 흘렀다.

그리고 땅에 떨어졌다.

"무력함이 이렇게까지 괴로울 줄은……."

아무도 말을 하지 못했다.

약한 목소리로 츠비스가 이어서 말했다.

"순조로웠는데……. 신동이라는 말을 듣고…… 수호자가 되고……. 네가 안 나타났으면……!"

그의 입에서 나온 것은 원망이었다.

그의 원망은 로니와 로게스 일당을 향하고 있었다. 그뿐만이 아니다. 수인족 전체에도 복잡한 감정을 품고 있을 것이다.

"난 질 수 없는 것이다. 나에게 협력해준 녀석들이 있는 것이다.

그러니 그렇게 한심한 모습을 보여줄 수 없는 것이다."

"……——!"

츠비스는 아무 반박도 하지 못하고 그저 가만히 서 있었다.

그런 모습을 보고 더 이상은 아무 할 말이 없다는 듯이 로니가 떠나갔다.

"그럼, 난 가는 것이다. 성제 준비를 해야 하는 것이다."

"그래. 또 보자."

나와 쿠에나는 손을 흔들며 대답했다.

하지만 츠비스는 우리를 붙잡지도 않고 그저 얼굴을 일그러뜨리며 우두커니 서 있을 뿐이었다.

"……."

분명 지금의 그가 정말로 아무것도 못 한다는 것을 아는 것이다. 그러니 다음엔 보통 생각해낼 수 없을 만한 수단으로 나올지도 모른다.

원망, 이라.

"츠비스, 나는 승패에 집착하는 것도 나쁘지 않다고 생각해. 이기기 위해 다양한 수단을 쓰는 것도 좋아. 하지만 선은 넘지 마. 로게스처럼 되고 싶은 게 아니라면."

"아는 척 하지 마라!"

이건 참견일 뿐이다.

그는 지켜야 할 게 있고, 이대로 끝낼 수도 없을 것이다.

나도 그의 처지를 동정한다.

(하지만 성검은 되찾아야지.)

나는 로니가 이기도록 할 거다. 우리가 여기까지 온 목적은 성검을 되찾는 거니까.

(그러니 츠비스가 비겁한 수단을 쓰면 난 로니를 지켜야만 해.)

가능하면 그런 일은 없기를 바라지만.

"……괜찮아, 츠비스. 난 모험가야. 만약 네가 성제에서 지면 나한테 의뢰해. 그럼 내가 반드시 너희를 지켜줄 테니까."

"…………젠장."

빠득 하는 어금니를 깨무는 소리가 여기까지 들려왔다.

그에게 동정 따위는 자존심에 상처를 줄 뿐이겠지만, 동생을 위해서라도 결국 받아들여야 할 때가 올지도 모른다.

나는 그저 그 갈등이 그에게 독이 되지 않기를 바란다.

◇

난 태어났을 때부터 사자족이 위대한 종족이라고 배웠다.

"츠비스, 넌 누구에게도 지지 않는 남자가 되어라."

아버지는 늘 그렇게 말씀하셨다.

삼촌인 로게스도 나에게 똑같은 말을 했다.

긍지와 최고의 유전자가 있으니 나는 지지 않는다.

누구에게도 뒤떨어지지 않는다.

나는 그렇게 확신하고 있었다.

실제로 나는 어렸을 적에는 단 한 번을 패배하지 않았다.

그렇기에 당시에는 모르고 있었다.

수인족을 통치하는 존재가 있다는 것을.

그 존재를 '최고전사'라 부른다는 것을.

사자족 위에 '백랑족'이 있다는 것을.

아버지와 로게스는 완고하게 이 사실을 말하지 않았다.

그러나 현실은 사자족이 최고가 아니었다.

"왜 아버지가 아니야? 왜 로게스 씨가 아니야? 사자족은 최강의 종족이잖아?"

"옛날엔…… 그랬다. 최고는 항상 사자족이었다."

아버지는 조심스럽게 말했다.

그럼 지금은 왜?

"백랑족이 비겁한 수를 쓰고 있기 때문이다! 최고전사 자리는 반드시 사자족이 되찾을 거다!"

로게스 씨는 그렇게 말했다.

하지만 그런 날은 오지 않았다.

사자족 중에서 가장 강했던 아버지가 전사했다.

수인족의 넘버2는 로게스 씨가 됐다.

하지만 최고전사는 여전히 오이토마였고 백랑족이었다.

"잘 들어라, 네 아버지는 오이토마에게 죽은 거다. 자기 자리를 위협하는 자를 제거한 거야."

로게스 씨는 그렇게 속삭여 왔다.

과연 정말로 그런걸까? 하지만 당시의 나는 확인할 방법이 없었다.

"사자족은 우수하다. 특히 네 혈통은. 그러니 네가 해내야 한다."

로게스 씨는 나에게 그렇게 말했다.

하지만 알고 있었다.

로게스가 동생인 세네리아를 눈여겨 보고 있다는 것을.

이때부터 내게 최고전사 자리는 아무래도 상관없었다.

그저 동생을 지키고 싶었다.

나는 그 마음 하나로 버텼다.

내가 성장할수록 로게스 씨는 세네리아에게서 내게로 시선을 돌렸다.

내가 수호자가 될쯤, 로게스 씨는 나에게 기대하고 있었다.

최고전사 자리를 되찾을 수 있다고 생각했을 것이다.

내가 백랑족에게 지기 전까지는.

"어떻게 된 거냐!"

로게스 씨가 호통치며 들어왔다.

책을 읽고 있던 동생이 움찔 떨고 내 등 뒤로 갔다.

"……로게스 씨."

"진 거냐?! 그것도 백랑족에게…… 그 오이토마의 딸에게?!"

그는 내 어깨를 잡으며 날 노려보았다.

귀기가 서린 표정을 보고 침을 삼켰다.

“겨, 졌어. 하지만 마물 토벌일 뿐이잖아. 그 녀석이, 로니가 조금 빨랐을 뿐이라고.”

그렇다, 단순히 토벌 속도에서 졌을 뿐이다.

내가 빨리 출발했으면 이겼을 것이다.

“그래도 졌잖아!”

로게스 씨가 의자를 걷어찼다.

그는 거칠게 날뛰었다.

내 패배가 용납이 안 되는 것이리라.

“애초에 로니를 본 것도 이번이 처음이었어. 모험가인 것 같지만, 수인족령에서는 그다지 활약하지 않았다고…….”

“어차피 오이토마가 숨겼겠지! 우리를 앞지르기 위해서!”

로게스가 가재도구를 쳐서 쓰러뜨렸다.

부모님의 유품과 동생이 소중히 하던 손거울이 깨졌다.

“지, 진정해.”

“진정해? 왜 넌 그렇게 침착한 거냐! 백랑족이 또 비겁한 수단을 썼는데!”

비겁한 수단?

확실히 로니의 등장은 예상 밖이었다.

하지만 그건 그녀가 수호자가 아니었기 때문에 몰랐을 뿐이다.

수호자 이외에도 그런 자가 있다는 걸 알았다면 당연히 조사했을 것이다.

로니의 존재를 알았다면.

길드에 마물 토벌 의뢰가 나왔는지를 먼저 확인했다면.

내가 이길 수도 있던 일이었다.

비겁을 논할 일도 아니었다.

그저 모든 게 우연일 뿐이었다.

무엇보다 이걸로 최고전사가 정해지는 것도 아니다.

그때, 로게스가 세네리아의 손을 붙잡았다.

"아얏!"

"기다려! 세네리아를 어떻게 할 생각이야?!"

"네가 안 되면 다음이라도 노려야지! 네 아버지는 죽고, 어머니는 세네리아를 낳자마자 죽어버렸다. 그럼 이 혈통에서 새로운 최고전사라도 만들어야지!"

이 쓰레기가⋯⋯!

"미친 건가?! 왜 그렇게까지 최고전사에 집착하지?! 수호자 자리가 불만인가? 사자족이 강하면 그걸로 된 거잖아?!"

"수호자로 만족하라고? 진심이냐?!"

"아파⋯⋯!"

세네리아가 괴로운 표정을 지었다.

아무래도 로게스의 손에 힘이 들어간 듯했다.

"영원한 승리자는 없어! 애초에 수인족은 이미 마족에게 진 적이——."

"닥쳐라! 그건 패자의 역사다!"

로게스의 목소리가 주위를 진동시켰다.

"잘 들어라, 수인은 사자족이 통합했다."

"그래, 오헤마스를 만든 것도 사자족이지."

"그렇다! 수인족은 대대로 사자족이 통치했단 말이다! 그런데 마족에게 패배하고 사자족이 줄어들자 소거법으로 대호족이 최고전사가 됐다!"

로게스의 얼굴이 어둡게 물들었다.

인정할 수 없다는 듯이.

"그런데 그 후로 수인족은 마족을 물리쳐 나갔다! 모두 대호족을 격찬했다! 더군다나 사자족이 뒤떨어진다고 하는 자까지 있었다!"

그는 한이 맺힌 소리를 쏟아냈다. 그에게는 사자족을 모욕하던 자들을 향한 원한이 가득했다.

"대호족이 이긴 건 사실이잖아."

"웃기지 마라!"

로게스가 세네리아의 손을 놓더니 내 뺨을 때렸다.

"윽?!"

"오빠!"

테이블 위로 쓰러지며 시야가 맥없이 일그러졌다.

"잘 들어라. 그건 용사가 나타났기 때문이다. 용사가 마족을 물리친 거지, 대호족이 해낸 게 아니란 말이다! 사자족이 했다면 더 큰 성과를 냈을 거다!"

아무런 근거도 없건만 그는 진심으로 그렇게 믿는 눈치였다.

"사자족이 쌓아 온 영광은 틀림없는 진짜겠지. 하지만 인정할 건 해야지. 그 당시에는 대호족이 최고전사였고 전쟁에서 이겼어. 사자족이 해낸 게 아니야."

"인정하라고? 웃기지 마라. ……마족을 물리치고 대호족 놈이 가장 먼저 한 짓이 뭔지 모르는 거냐?!"

"동맹을 맺었지."

"그래, 인간과 동맹을 맺었다! 옛날에는 우리를 노예로 부리며 괴롭힌 놈들과! 역대 사자족을 괴롭혀온 인간과!"

하지만 그 동맹으로 평화가 찾아왔다. 서로 괴로워할 일이 줄어들었다.

그때 깨달았다. 사자족은 과거에 붙잡혀 현실을 직시하지 않는다는 걸.

(나와 같은 사자족이건만 어찌 이들은…….)

최고전사에 집착하는 그가 너무나도 한심하게 보였다.

하지만 자신에게는 이들을 굽힐 힘이 없었다.

"……확실히 그 말대로야. 그러니 난 이길 거야. 최고전사가 되어서 수인족은 어느 종족이 다스려야 하는지 가르쳐주겠어."

로게스에게 저항하는 것은 그만둔다.

이기자. 이기는 수밖에 없다. 난 이길 의지가 넘친다.

"……잘 알고 있잖아."

──동생을 지키기 위해서는 연기해내는 수밖에 없다.

제4화 성검을 차지하는 자는

　난 토이포가 받은 의뢰를 대신 수행하고 있었다.

　수도 오헤마스 근처에 있는 숲에 통솔이 잘 되는 오우거 집단이 여럿 나타났다고 한다.

　"이럴 때는 오우거 킹이 있어."

　이는 쿠에나가 한 말이다.

　우리는 수인과 합류하러 가는 도중에 정보 교환회를 하고 있었다.

　"S랭크 마물이지? 좀처럼 안 나타난다는."

　"그렇지. 인간이 약했던 시대에는 나라가 하나 멸망한 적도 있어. 만약 마족처럼 지능이 더 높았다면 인간이나 수인족과 동등한 종족으로 인정받았을지도 몰라."

　그 정도로 강대한 마물. 그것이 오우거 킹이라는 생물이다.

　금기의 숲속에 오우거는 있었지만, 킹이라 불릴만한 개체는 없었던 걸로 기억한다.

　"실질적으로 처음 싸우는 상대가 되겠네. 기대된다."

　"사실은 우리가 배치되는 게 아니지만……."

　그렇다, 쿠에나의 말대로다. 사실은 우리가 싸울 상대는 오우거 킹이 아니다. 하지만 어떤 사정으로 인해 배치를 이동했다.

그리고 수인들의 집단에 합류했다.

실력자만 스무 명 정도일까. 모두가 수호자일 것이다. 오이토마까지 있었다.

"이봐! 너희 토이포 대신 왔지?! 담당한 곳은 다른 곳이잖아!"

로게스다.

이 녀석도 있는 건가. 오이토마는 무슨 생각인 거지.

츠비스가 성제에서 질 때까지는 아직 처우가 정해진 게 아닌가.

"오우거가 이동했어. 너희 담당 구역에 합류하러 왔을 뿐이야."

그렇다, 우리가 정해진 배치에서 옮긴 이유는 이것이다.

탐지마법을 전개하니, 애초에 토벌할 마물이 거기 없었다.

"그런 정보는 없었어! 그리고 이쪽은 오우거 킹이 있다. 연계를 방해하지 말고 돌아가!"

"그런가? 그럼 다른 방면으로 갈게."

그때 오이토마가 손을 들어 말렸다.

"아니, 기다려라. 어쩌면 놈들이 우리의 움직임을 읽었을지도 모른다. 측근이 킹을 지키기 위해 이동했을 가능성이 있어. 이쪽에 가담해라."

"오이토마 님, 이 녀석들은 방해가 될 뿐입니다. 애초에 용사가 되기를 거절하는 남자가 할 수 있는 일일지도 의심스러운데……."

"내 말을 이해 못 했나?"

"……아뇨."

오이토마가 말 한마디로 로게스의 반론을 막았다.

"너희는 우리를 따라와라."

"알았어."

허가는 내려진 듯하다.

그렇다고는 해도 오이토마 한 사람의 독단이지만.

로니가 '아버지가 지드를 마음에 들어한 것이다'라고 했는데, 그 덕도 있었던 걸까.

숲 안쪽으로 가면 갈수록 기분 나쁜 정적이 뒤덮고 있었다.

보통은 마물이 우는 소리가 들려와야 하는데 전혀 없었다.

그뿐만 아니라 마물의 기척마저도 느껴지지 않았다.

이곳 일대의 마물이 오우거에 의해 소탕당한 것이다.

"이봐, 오우거 킹이란 건 여러 마리 있는 건가?"

"그건 왜 묻지?"

내 질문에 오이토마가 되물었다.

"난 놈들의 생태를 잘 몰라. 다만 보통 킹이라고 불리는 녀석은 한 마리 아냐?"

"그렇다. 그 이외의 전례는 없다."

"그럼 이번이 첫 사례가 되겠네."

"뭐라?"

"두 마리가 있어. 유달리 강한 녀석이."

그때, 한 수호자가 부러진 나무를 밟았다.

뚝, 하고 작은 가지가 부러지는 소리가 우리의 대화보다 선명하게 들렸다.

『크오오오오오오오——!』

그 직후 오우거가 일제히 이쪽으로 달려왔다.

아직 거리는 있는 것 같지만 흔들림이 느껴졌다. 우렁찬 외침이 피부를 찌릿찌릿 자극할 정도였다.

"오우거 킹이 두 마리라니 어떻게 된 거냐, 로게스? 오우거의 동향 확인은 너에게 맡겼는데."

"……."

오이토마의 물음에 로게스는 대답하지 않았다.

그저 시선을 맞춘 채로 있었다.

"애초에 오우거가 이동한 것도 실은 알고 있던 것 아닌가? 저 인간이 아는데 네가 모르는 건 말이 안 된다."

내가 안 것은 탐지마법의 덕분이지만 뭐, 로게스가 보고와 색적을 게을리한 건 변하지 않는다.

의외였던 것은 오이토마가 로게스의 능력을 믿는 점이었다.

"——사자족에겐 긍지가 있다. 옛날에는 대대로 수인을 통치해 온 일족. 모두가 시키는대로 했지."

로게스가 혼잣말했다. 마치 자신에게 들려주는 듯한 말투였다.

『쿠오오——!』

오우거가 바위를 깎아낸 예리한 무기를 들고 달려들었다.

수호자 한 명이 그 오우거에게 맞서 받아쳤다.

차차 오우거의 수가 늘어나 대규모 전투로 발전되어 갔다.

쿠에나도 함께 응전했다.

하지만 사자족은 움직이지 않았다.

로게스는 겁먹지도 동요하지도 않고 오이토마를 응시했다.

"시대는 변했어. 최고전사는 차차 다른 종족이 되었지. 내가 너에게 진 뒤로…… 죽을 만큼 굴욕을 느끼고 있었다. 하지만 언젠가 사자족이 다시 강해지면 되찾을 수 있다고 생각했지. 로니 그 자식이 약자인 것에 만족하는 바보들을 격려하기 전까지는!"

사자족 수호자가 오이토마를 둘러쌌다.

그건 '사냥'이었다. 로게스가 오이토마를 표적으로 삼은 거다.

"이런 때에 내분이라니."

오이토마가 질렸다는 얼굴로 말했다.

"어쩔 수 없잖아! 이렇게라도 하지 않으면 너한테는 이길 수 없다고! 그 힘은 인정해주지!"

사자족 이외의 수호자는 오우거에게 전력을 할당했다.

확실히 지금이 절호의 기회일 것이다. 혼란을 틈타 반란을 일으킨다. 이런 일은 마을 안에서는 할 수 없으니까.

"'로니가 약한 바보들을 격려한다'? 이유는 그뿐인가?"

"로니는 그저 최고전사의 후광을 받았을 뿐이다. 백랑의 위세를 등에 업은 강아지에 불과하지! 네가 사라지면 츠비스는 그런 계집한테 지지 않아! 올해의 성제는 사자족이 승리한다! 그리고 사자족의 영광의 역사를 되살린다!"

"그랬지. 수인에게 있어서 악몽의 시대는 사자가 군림하던 때였지."

로게스는 떨고 있었다.

반대로 둘러싸여 있을 터인 오이토마는 태연자약했다.

"다른 녀석들이 오우거 킹에게 애먹고 있는 동안 넌 우리에게 죽어라!"

"——과연 그렇게 될까?"

오이토마의 반박은 냉정했다.

"뭐…… 뭐야?"

로게스는 뒤늦게 상황을 깨달았다.

수호자들이 상대 중인 건 오우거의 잔당이었다.

오우거 킹 두 마리는 이미 내가 쓰러트렸다.

"도와줄까?"

"필요 없다. 고생했군, 인간."

상당한 자신감이었다.

다른 수호자도 로게스 일당은 신경조차 쓰지 않았다.

"칫……!"

오이토마의 여유가 괘씸했는지 로게스가 얼굴을 붉히며 노발대발했다.

"로게스, 난 너에게 충분한 배려를 해줬다. 하지만 이젠 용서할 수 없다. 지금 당장 널 추방하겠다. 이후 츠비스와 주변 사람들에게 관여하는 걸 금한다."

"닥쳐라! 네가 뭘 아냐?! 더 이상 우리 사자족을 우롱하지 마라!"

"이야기할 가치가 없다, 이건가. ——잠깐 자고 있어라."

쿵, 소리와 함께 오이토마의 맹렬한 발차기가 로게스를 날려버렸다.

로게스의 신음조차 들리지 않았다.

""아니?!""

로게스의 추종자들이 움직이기도 전에 이미 절반이 오이토마에게 제압당했다.

(이 정도로 전력에 차이가 있는가.)

그들은 저항도 하지 못하고 일방적으로 당했다.

이 정도로 강한 자는 본 적이 없다. 마물 중에서도, 인간 중에서도.

마족의 퓨리라면…… 아니, 그 녀석의 진짜 실력은 본 적이 없으니 모른다.

"이만 돌아가지."

오이토마는 대수롭지 않다는 듯 말했다.

사자족은 계획이 틀어지면서 수호자들까지 견제하다가 오이토마에게 완패해버렸다.

하지만 애초에 무모한 계획이지 않았나. 그렇게까지 몰렸다는 건 알겠지만…… 이게 오이토마가 말한 '물'을 넘치게 하는 건가.

이거, 내가 오우거 킹을 쓰러뜨리지 않아도 괜찮지 않았을까?

◇

돌아가는 길.

나와 오이토마는 자연스럽게 나란히 있었다.

쿠에나는 약간 뒤에 있었다.

"성제의 토너먼트 1회전이 끝났겠군."

"그렇겠네."

"도착하면 밤일 테니 관전은 내일부터 하겠군. 로니는 이겼을까?"

"이기지 않았을까? 강하니까."

"그렇겠지."

쑥스러워하는 얼굴이다.

방금 로게스를 일격에 물리친 남자와는 또 다른 모습이었다. 혹시 딸 바보인가?

참고로 로게스는 뒤에서 수호자에게 연행되고 있다.

"로니는 어렸을 적에 병약했다. 하지만 강해지고 싶다고 꾸준히 노력했지. 로니라면 약자의 마음도 잘 알거다. 솔직히 나는 거기까지는 이해할 수가 없었어. 그 녀석은 대단해."

나는 그의 말에서 온정을 느꼈다.

수인은 강자와 약자 사이에 선을 그으려 하지만, 최고전사 오이토마와 어린 로니 사이에서는 그 선이 느껴지지 않았다.

"아니, 로니가 그럴 수 있는 건 오이토마가 아버지였기 때문이야."

"뭐야, 입에 발린 말은 할 수 있나. 예의를 모르는 놈인 줄 알고 있었는데."

"미안하네. 존댓말을 잘 할 수 있었다면 했겠지. 더듬거리게 되니까 안 하는 편이 낫다는 말을 들었어."

"하하하! 그거 재밌군!"

오이토마가 호쾌하게 웃어넘겼다.

아니, 존댓말은 어렵지 않나? 쓸 수 있는 놈들은 전부 천재라고 생각하는데.

"그보다 오이토마, 로게스가 배신할 걸 이미 알고 있었지?"

"호오? 왜 그렇게 생각하지."

"로게스가 돌아섰을 때도 표정이 태연했으니까. 이럴 줄 알고 일부러 날 그룹에 넣은 거 아닌가?"

"근거가 빈약하군. 머리 쓰는 건 저 빨간 머리한테 전부 다 맡기나?"

오이토마가 쿠에나를 가리키며 말했다.

"맞아. 그럼 안 되나?"

"아니, 그것도 방법이지. 너 같은 녀석은 대신 감이 좋은 편이니까."

"그럼 알고 있었다는 거네?"

"물론이지. 배신할 마음이 가득했잖아. 저렇게 티를 내고 다니는데 모르는 게 이상하지."

확실히 알기 쉽기는 했지.

"하지만 배신하도록 유도한 건 너 아냐?"

추방이나 츠비스의 성제 참가를 취소한다는 이야기를 꺼내서 그를 부추긴 건 오이토마였다.

성검을 성제의 상으로 삼은 이유도 그를 부추기는 일환이었다.

모두 오이토마가 사자족을 몰아넣으려고 꾸민 일이다.

그러자 오이토마가 안타깝다는 듯이 끄덕였다.

"그렇게 됐지. 도무지 츠비스가 불쌍해서 말이야."

"알고 있었나."

"사자족 중에도 날 따르는 자가 있으니까."

오이토마가 살짝 뒤돌아봤다.

시선 끝에는 사자족 수호자가 있었다.

그는 로게스에게 붙지 않고 오우거와 싸운 남자다.

과연. 그런 건가.

"그럼 로게스는 어떻게 되지?"

그를 추방하더라도 언젠가 다시 나타나 음지에서 츠비스를 몰아넣을 위험이 있다.

"츠비스가 강해질 때까지 감옥에 넣든가 해야지. 그 녀석이라면 몇 년 안에 로게스를 뛰어넘을 거다."

"그렇군."

그렇게 하면 분명 츠비스도 안심할 수 있을 것 같다.

나도 츠비스가 로게스를 뛰어넘으리라 생각한다.

츠비스에게서는 로게스 이상의 전투 센스가 느껴졌다. 당분간 단련하면 뛰어넘을 것이다.

"나도 하나 물어보지. 넌 왜 우리 문제에 관여하는 거냐? 성검을 되찾고 싶으면 로니만 도우면 될 일 아닌가."

"인연이 늘어나니 모른 척할 수가 없었어. 쓸데없는 참견이라는 걸 알아도 어떻게든 하고 싶다는 마음이 생겨."

"그렇군, 그것도 좋지. 네 역량이면 대부분은 해결할 수 있을 테니."

오이토마가 영악한 웃음을 지었다.

로게스와는 비교도 안 되는 엄청난 위압감이 나에게 향했다. 빈틈을 보이면 곧장 공격할 것 같았다. 소름이 돋는 수준이었다.

"난 싸울 생각은 없는데."

"난 있다. 네가 얼마나 강한지 궁금해."

이 무슨 귀찮은…….

로니가 말한 충고가 뼈저리게 느껴졌다.

마음에 들어 하면 이렇게까지 귀찮게 하는구나.

"훗. 뭐, 지금은 돌아가지."

지금은?

놓아줄 생각이 없는 것처럼 들리는데.

난 싸울 마음이 없으니, 성검을 되찾으면 마주치기 전에 빨리 돌아가야겠다.

◇

우리가 돌아왔을 때는 첫날 토너먼트가 이미 끝난 후였다.

로니는 순조롭게 이긴 모양이었고, 츠비스도 마찬가지였다.

이튿날, 나와 쿠에나는 로니를 응원하기 위해 경기장으로 향했다.

성제는 원형 투기장에서 진행했다.

"어어? 왜 인간이 있는 거냐. 아니, 이 녀석, 지드 아냐!"

하지만 결국 수인들과 시비가 붙고 말았다.

주변에서 날 보고 떠드는 탓에 나는 몹시 불편했다.

조금만 더 있으면 '나가라'는 소리까지 들을 것 같았다.

그러자 비쿠탄과 마을 사람들이 끼어들어 그들을 나무랐다.

"저들은 우릴 구해줬습니다. 무엇보다 어제의 오우거 토벌에서 킹을 쓰러뜨리는 활약을 하셨죠. 더구나 저들은 로니 님의 친구이니 관전할 권리가 있습니다."

"큭······!"

비쿠탄 일행이 날 지키듯 주변을 둘러싸고 앉았다.

"이거, 큰일이군요."

"고마워, 비쿠탄. 다친 곳은 괜찮아?"

"보시는 바와 같이 문제없습니다."

"아뇨, 많이 있어요! 이젠 무모한 짓은 하지 마세요."

비쿠탄 옆에 있는 풍채 좋은 여성이 말을 걸어왔다. 같은 토끼 귀를 가지고 있는데, 이쪽은 흰색이다.

"알고 있어. ⋯⋯아아, 죄송합니다. 이쪽은 집사람인데."

"안녕하세요~! 이야기는 들었어요. 바보들이 시끄럽게 굴고 있지만 전 당신을 응원하고 있어요!"

양손의 엄지를 세웠다. 상당히 발랄한 사람이다.

"시작하는 것 같네."

쿠에나가 말했다.

투기장에 로니의 그룹과 여우족 여성 그룹이 마주 보고 서 있었다.

이윽고 심판의 신호와 동시에 전투가 시작되었다.

도중에 마법의 여파가 치솟았지만, 관객석에 설치된 마력의 장벽이 막아냈다.

이대로 가면 로니가 압승하――.

"우오오오오! 로니 니임! 이겨라, 이겨라, 이겨라 로니 니임!"

"?!"

갑자기 옆에서 강렬한 목소리가 날아들었다.

얌전해 보이던 비쿠탄의 목소리였다.

매직 아이템으로 목소리를 키우고, 현수막까지 달았다.

이러면 뒤에 있는 손님에게 방해되지 않나⋯⋯?

뒤를 돌아보니 모두 로니를 위해 현수막 전개를 돕고 있었다.

이 녀석들 모두가 로니의 응원단이었다.

아니, 그뿐만이 아니다. 투기장에는 로니를 응원하는 목소리가 많았다. 뭐랄까, 여우족 소녀가 불쌍해질 정도였다.

(아, 로니가 이겼다.)

관중석의 광경에 압도되고 있으니, 어느샌가 승부가 났다. 압도적인 실력차이였다.

『자, 여러분! 참가자가 쓰러졌으니 투표를 하겠습니다! 어느 쪽이 승자로 어울릴까요오~?!』

……과연 이런 식인가.

환성은 로니가 차지하고 있었다. 지지 또한 압도적이었다.

(다음은 츠비스의 경기인가.)

그 상대는 코끼리족이었다. 코끼리족은 체격이 몹시 거대했다. 대충 보아도 3m는 될 것 같았다.

하지만 츠비스는 겁먹지 않고 공격했다.

코끼리족 남자가 날린 공격이 묵직한 소리를 남겼다. 소리만으로도 아플 것 같았다.

"이건 츠비스가 이겼네."

"그러게."

쿠에나의 의견에 나도 동의했다.

실제로 얼마 지나지 않아 코끼리족 남자가 쓰러졌다.

(로니만큼 성원이 나오지는 않는군.)

로게스 건 때문에 사자족의 평판이 안 좋아진 것일지도 모른다.

비쿠탄 일행도 그다지 관심이 없어 보였다. 그들에게는 오히려 적에 가까울지도 모른다.

그 후, 성제는 남은 참가자의 싸움을 치르고 오늘 일정을 마무리 지었다.

난 일단 쿠에나와 갈라져 뒷문에서 츠비스를 기다렸다.

"기다리고 있었군. 불러내서 미안하다."

츠비스가 개운한 웃음을 띠며 내게 말을 걸었다.

응원은 그다지 없었지만, 그의 마음은 편해진 듯했다.

"아냐, 신경 안 써도 돼. 그래서 무슨 용건이지?"

"네게 사과해야 할 일이 있다. 내가 널 겁쟁이라고 했던 거, 기억하나? 하지만 실제로는 넌 언제 공격당할지도 모르는 상황인데도 대범하게 수인족령에서 머물렀지. 그저 물건을 주인에게 돌려주고 싶다는 이유로 말이다. 그런 녀석이 겁쟁이일 리가 없어."

그는 내게 머리를 숙였다.

그가 로게스와 다른 길을 걸은 건 이 정정당당한 마음씨가 있기 때문이겠지.

"고개를 들어. 용사가 되기를 거절한 건 사실이니까. 모르는 사람들은 그리 생각해도 어쩔 수 없지."

"과연, 오이토마 님처럼 대범한 구석이 있군."

츠비스가 미소를 지었다.

아무래도 오이토마에게 좋은 기억이 있는 것 같다.

"로게스가 어떻게 됐는지는 들었지? 아, 너도 현장에 있었나? 놈이 갇혔으니 세네리아도 더는 해코지당하지는 않겠지."

"그건 임시 조치야. 네가 그동안 강해지지 않으면 의미가 없어. 그걸 잊지 마."

"그래, 알고 있어. 반드시 강해질 거야. 우선은 로니에게 이겨야지."

츠비스가 가슴을 펴고 대답했다.

그에겐 자유가 있고 자신감도 있다. 의심할 여지가 없다. 지금의 그는 굉장히 강하다.

"그래, 잘해봐."

이제 로니도 위험할지도 모르겠다.

실력은 로니가 더 위라고 생각하지만, 지금의 츠비스라면 결과를 뒤집을 가능성이 있다.

근데 그렇게 되면 성검은 어쩌지?

"성검이 신경쓰이나? 걱정 마라. 내가 직접 돌려줄 테니."

츠비스가 그렇게 말했다.

"아직도 용사가 되고 싶어?"

그러자 츠비스가 손을 흔들었다.

"그게 아니야. 내가 이겨서 내 손으로 네게 검을 가져다 주겠단 뜻이다."

"아아, 그렇구나."

"그러고 보니 그것도 내가 먼저 시비를 걸었던 거군. 미안하다."

"정말이지, 네 덕분에 지금껏 못 돌아가고 여기 있다고."

"크큭."

츠비스가 웃어 얼버무렸다.

너, 진짜 반성하고 있는 거지?

뭐, 이 녀석 덕분에 수인족령에 머물면서 여러 경험을 쌓을 수 있었지만.

"근데 승산은 있어? 너도 로니에게 보내는 성원은 들었지?"

그는 여전히 자신감에 찬 얼굴로 대답했다.

"물론이지. 지금은 나도 매직 아이템이 대단하다고 생각하지만, 그래도 결국 마지막에 사람을 움직이게 하는 건 힘이 보여주는 카리스마야."

츠비스가 양손의 주먹을 부딪치며 씨익 웃었다.

더는 그에게 아무런 망설임도 남아있지 않았다.

"뭐, 열심히 해. 응원하고 있어. 로니 만큼은 아니지만."

"아니, 이만큼 했으면 이젠 날 응원 하라고!"

먼저 약속한 건 로니니까 어쩔 수 없잖아?

◇

성제 5일 차.

토너먼트는 이제 최종전을 앞두고 있었다.

마지막까지 남은 건 로니와 츠비스였다.

둘 다 위험한 국면이 있었지만, 여기까지 올라왔다.

"누가 이길 것 같아?"

쿠에나가 물었다.

"성제 말이야? 아니면 승부?"

로니는 츠비스보다 압도적인 지지를 받고 있다. 츠비스가 설령 승부에서 이기더라도 투표로 질 수도 있다.

"그야 승부지. 난 역량을 재는 안목을 기르고 싶으니까."

"어느 쪽이 이겨도 이상하지 않아. 둘의 실력은 거의 대등해."

이전의 츠비스는 로게스의 주박에 사로잡혀 있었기 때문인지 몸이 딱딱했다. 하지만 지금 저 녀석에겐 망설임이 없다. 강적이 라는 것은 틀림없을 것이다.

"그렇지?"

쿠에나도 같은 의견이었는지, 말을 아꼈다. 이 승부의 행방을 예상하려다가 머리가 가득 찬 모양이다.

『시작!』

시합이 시작되었다.

팀원들의 싸움은 호각…… 아니, 로니가 우세하다.

토이포는 말할 것도 없고, 레노도 제법 뛰어났다. 특히 레노는 독을 쓰는지, 그에게 당한 자들의 사지가 마비되는 모습이 보였 다. 무기나 발톱에 바른 걸까?

축제이니 위험한 독은 피했을 거다. 독은 원래 상대를 죽일 때 진가를 발휘하는 법이다.

(적으로 돌리면 성가시겠네.)

다른 수인과는 달리 레노는 근접 격투와 마법을 함께 구사했다.

수인족령에서 벗어나 토이포에게 배운 만큼 발상이 자유로웠다.

(로니와 츠비스는…….)

둘은 접전이었다. 한 걸음도 물러나지 않았다.

관중석에는 역시 로니를 응원하는 소리가 더 컸다. 비쿠탄도 어김없이 소리치고 있었다.

"로니 니이이이이이임!"

이 녀석 진짜로 다친 거 맞나?

오늘은 최종전인 만큼 열기도 한층 뜨거웠다.

비쿠탄의 부인이 너무 무리하지 말라고 그를 말릴 지경이었다.

로니를 향한 응원에 비하면 츠비스를 향한 응원은 작았다.

하지만 분명 그에게 닿을 것이다.

"오빠~! 힘내~!"

츠비스는 생기 가득한 웃음을 흘리고 있었다.

전투는 츠비스가 쓰러지면서 끝이 났다.

둘 다 전력을 다한 싸움이었다.

승부를 가른 건 마지막에 로니가 사용한 매직 아이템이었다.

로니는 '염뢰' 셋을 동시에 전개해 츠비스가 당황한 틈을 노렸다.

"이토록 능숙하게 다루시다니…… 역시 대단한 센스입니다, 로니 니임!"

비쿠탄이 기쁨의 눈물을 흘렸다.

그리고 투표가 끝났다.

세네리아의 응원도 대단했지만, 로니의 지지가 압도적이었다.

『로니는 뛰어난 무예를 보여줬다! 따라서 로니에게 성제의 승자의 명성을 부여한다!』

오이토마가 로니의 승리를 소리 높여 선언했다.

박빙이었던 만큼 로니는 어깨로 숨을 쉬고 있었지만, 아버지에게 표창받는 건 기쁜 모양이었다.

상금과 트로피, 상품들이 증정되었다.

그중에는 성검도 포함되어 있었다.

성검을 수여할 때, 회장의 환성은 한층 더 커졌다.

"이걸로 성검찾기도 끝이네."

쿠에나가 한숨 돌리면서 안도한 목소리를 냈다.

"그래, 드디어 스피에게 돌려줄 수 있어."

"이래저래 길었네. 네 지친 얼굴, 처음 봤어."

쿠에나가 해맑게 웃었다.

지친 얼굴이라……. 나도 쿠에나와 마찬가지로 안도한 것이리라.

지금은 나아졌지만, 수인족의 땅을 찾아온 당초에 우리는 환영받는다고는 할 수 없었다. 그런 항상 긴장감이 도는 곳에서 성검을 찾아다녔으니 당연할 것이다.

"자, 이제 직행으로 돌아가자."

"그렇네. 실라는 지금쯤 뭐 하고 있을까."

"리프한테 끌려갔었지. 사검 문제를 제대로 해결하고 왔으면 좋겠는데……."

"아직 안 끝난 게 아닐까? 끝났으면 수인족령까지 찾아올 것 같지 않아?"

"……그렇네."

실라가 "나 왔어~!" 하고 하면서 손을 흔드는 그림을 상상할 수 있었다.

태평한 분위기가 흘렀다.

『자, 모두 궁금한 것이 있을 것이다!』

오이토마의 확성 매직 아이템이라도 쓰고 있는 듯한 거대한 목소리가 들려오기 전까지는.

『오우거를 물리치고 수인을 구하고!』

비쿠탄 일행이 이쪽을 봤다.

『두 마리의 오우거 킹을 순식간에 죽이고!』

수호자 같은 자들이 이쪽을 봤다.

『여신에게 용사의 자격을 부여받은 인간!』

……모든 수인의 시선이 내게 향했다.

최악이다.

더 이상은 아무것도 하기 싫다. 말썽도 일으키고 싶지 않다. 눈에 띄고 싶지 않다.

그러나 내 바람과는 반대로 오이토마는 수다스럽게 말했다.

『——지드! 여기에 와서 최고전사인 나와 싸워라!』

"……전이해서 도망치면 안 될까."

"단념해. 그러다 성검을 안 주면 어쩌려고."

"너무해, 자기 일이 아니라고……. 로니랑 약속했으니까 돌려
줄지도 모르잖아."

"로니도 네 실력이 궁금한 것 같은데."

로니가 활짝 웃으며 이쪽을 올려다보고 있었다.

내가 거절하면 성검으로 심술을 부릴지도 모른다는 건가. 그런
성격은 아닌 거 같은데…….

"됐으니까 어서 가. 네가 얕보이는 건 나도 용납할 수 없어."

아쉽게도 쿠에나도 내 적이었다…….

난 어쩔 수 없이 계단을 내려갔다.

기대와 멸시가 내게 쏟아졌다.

"여! 열심히 하라고."

패배한 참인데도 츠비스가 해맑은 얼굴로 소리쳤다. 사자족 건
이 해결되어서 어지간히도 후련한 모양이었다.

내가 가볍게 대답하자 츠비스는 어깨를 가볍게 두드리고 관객
석 쪽을 향해서 갔다.

"힘내는 것이다, 지드!"

"어어……."

"아버지는 엄청 강한 것이다. 항복은 빨리하는 걸 추천하는 것
이다!"

로니는 상쾌한 얼굴로 엄지를 척 내밀더니 쿠에나 옆자리로 가 비쿠탄 일행의 환영을 받았다.

"그래, 지금 기분은 어떻지?"

"그다지 좋지 않아."

"이런, 수인족 최고전사와 싸울 절호의 기회가 아닌가."

로니의 말대로 오이토마가 뿜어내는 위압감은 무지막지했다.

오이토마와 마주 서니, 그의 거대한 체격 탓에 태양 빛이 가려졌다. 자연마저 그를 내세우는 것 같았다.

절실히 그와 맞서고 싶지 않았다.

"내가 지면 쿠에나…… 저기 빨간 머리 인간이 분하게 여길 거거든. 저 녀석은 내가 이기길 바라는 모양이라."

"하하, 안쓰러운 이야기군. 하지만 참패와 석패 사이에는 큰 차이가 있잖아?"

"그렇지…….."

"그럼, 시작하지."

오이토마가 자세를 잡았다.

움켜쥔 주먹이 거대한 바위로 보였다.

무거운 일격이 날아왔다.

◇

두 사람의 대결은 오이토마의 공격으로 시작했다.

난 당연히 지드가 이기길 바라지만 오이토마의 실력이 어느 정도인지 쉽게 가늠할 수가 없었다.

지드는 잘 모르는 모양이지만, 그는 유명 인사다.

길드가 어떻게든 S랭크로 스카우트하려 했을 정도다.

인간들, 웨이라 제국을 비롯한 열강 국가들이 수인족을 건드리지 않는 이유도 그가 있기 때문이다.

오이토마가 나타나면 어떤 전황도 뒤집을 수 있다.

(……굉장해!)

오이토마는 지드를 향해 맹위를 떨쳤다.

나조차 움직임을 읽을 수 없을 만큼 빠른 속도로 주먹 연타를 펼쳤다.

채찍처럼 가벼운 움직임이지만 위력은 거대한 마법이 작렬하는 듯 했다.

(투기장의 마력 장벽이 흔들릴 정도라니……!)

고작 주먹의 충격파만으로 강력한 마력 장벽이 흔들렸다.

오이토마가 주먹을 휘두를 때마다 바닥이 깎여나갔다.

그야말로 무술을 극한까지 연마한 병기였다.

"피하기만 하면 싸움이 안 되는 것이다~!"

옆에서 관전하고 있는 로니가 야유했다.

지드는 방어 일변도였다.

주먹의 궤도를 바꾸려고 살짝 쳐낼 뿐, 공격을 최대한 피하려 했다.

그만큼 오이토마의 공격이 위험하단 뜻이었다.

(……움직였다!)

지드의 손바닥에서 불꽃이 장미와 가시덩굴을 만들었다. 하지만 오이토마가 주먹을 휘두르자 가볍게 흩어졌다.

그 뒤로 지드는 몇 번이나 마법을 썼지만, 오이토마에게는 전혀 통하지 않았다.

(오이토마는 아직 전력을 다하지 않았어. 호흡이 조금도 흐트러지지 않아.)

혼자서 수천 명을 쓰러트릴 수 있는 맹공이었다.

인간이 단 한 명의 수인의 동향을 경계하고 있다는 이야기를 들은 적이 있다. 그것이 오이토마라는 인물이다.

이렇게 실전을 직접 보니, 그것이 전혀 과장이 아니라는 것을 알 수 있었다.

"지드 님……."

바쿠탄이 지드를 응원했다.

수인 대부분이 오이토마를 응원했지만, 내 주위에 있는 수인들은 지드를 향한 호감이 있는지 지드를 응원하고 있었다.

『하하하하하하!』

오이토마의 목소리가 드높이 울렸다.

그의 공격이 한 층 더 열기를 띠었다.

지드의 마법이 점차 빈도가 잦아졌다. 그만큼 오이토마의 공격도 많아졌다.

서로 공격을 간파하기 시작한 것이다.

절정의 영역.

(……지드가 사라졌어?!)

전이가 아니었다. 그는 오이토마의 머리 위에서 허공을, 마력으로 만든 발판을 차고 있었다.

터무니없는 속도였다.

지금까지 지드가 보여준 움직임은 모두 오이토마의 눈을 속이려는 기만이었다.

다른 이들은 오이토마를 상대로 감히 할 수 없는 행동이었다.

(역시 지드!)

다른 관중들은 무슨 일이 벌어졌는지 이해할 수 없을 것이다. 그들에게는 마치 지드가 괴물처럼 느껴지겠지.

수인들의 성원이 차차 잦아들었다.

아마 싸움을 바라보는 게 고작일 것이다.

로니와 츠비스도 마찬가지였다.

"굉장한…… 것이다."

지드가 이 정도로 싸울 수 있을 줄은 생각지도 못했을 것이다.

약간 자랑스럽다.

(하지만, 아직이야.)

지드의 오른발에 차여도 오이토마는 꺾이지 않았지만 충격이 컸는지 빈틈을 내주고 말았다.

지드는 틈을 놓치지 않고 공격을 퍼부었다.

하지만 아무리 공격해도 오이토마는 쓰러지지 않았다.

『카아아아아아아아아아앗!』

귀청을 찢는 듯한 외침.

마치 처음 드래곤을 마주한 것처럼 몸이 떨렸다.

그래도 지드가 있다는 사실에 마음이 놓였다. 마치 지드에게 보호받는 듯한 느낌이었다.

"……아, 큰일인 것이다."

로니가 마력장벽을 보며 식은땀을 흘렸다.

마력장벽이 부서져 있었다.

어, 목소리만으로……?

위험을 느꼈는지 관객석의 수인들이 도망치기 시작했다.

수호자도 몸을 피하기 시작했다.

"도망치는 것이다! 저렇게 되면 누구도 막을 수 없는 것이다!"

비쿠탄과 로니 일행도 자리를 벗어났다.

내가 이대로 남으면 지드는 분명 무슨 일이 있을 때 날 지켜주 겠지만, 그건 지드를 방해하는 거다.

나는 결과를 보고 싶다는 마음을 억누르고 그 자리에서 떠났다.

(으으…… 힘내, 지드!)

다시 생각해보면 나도 그를 싸움터로 내보내듯이 부추기고 말 았다. 나중에 뭐라도 해줘야지.

엄청난 충격음은 한나절이 지나도록 수도에 울려 퍼졌다.

밤이 되어도 소리는 끊이질 않았다.

회장은 이미 부서져서 온 거리가 두 사람의 싸움의 무대가 되어 있었다.

멀리서 바라보니 지드가 싸우는 중에도 조심스럽게 움직이고 있었다.

되도록 거리를 부수지 않으려고 신경 쓰는 것이다.

수인은 진작 피난했고, 마물은 다가오지도 않았다.

"역시 무시할 수 없는 피해가 나오는 것이다~."

로니가 부서져 가는 거리를 보면서 불평을 중얼거렸다.

어느샌가 츠비스와 토이포 등 강한 수인들이 구경나와 있었다. 애초에 이들 실력 정도는 되어야 싸움을 구경할 수 있는 상황이었다.

"다 복구하려면 한 달 이상 걸리겠네."

"아버지가 힘 조절을 해줬으면 하는 것이다……."

"그럴 여유가 없을 만큼 둘 다 강하잖아."

"당연하지이~. 어쩌면언 지드 씨는 오이토마 씨보다 강하지 않을까."

수인들은 토이포의 말에 미간을 찌푸렸지만, 딱히 반론을 내지는 않았다.

결과가 어떻게 될지는 아직 아무도 예상할 수 없기 때문이다.

결국 이틀째에 결판이 났다.

무심코 졸았던 나는 위화감에 눈을 떴다.

격렬하던 전투 소리가 사라지고 적막이 흐르고 있었다.

지드와 오이토마가 싸움을 끝냈다는 의미였다.

"으…… . 끝난 것인가?"

로니를 비롯해 다른 수인들도 일어났다.

(다들 졸았구나…… .)

쉴 틈 없이 대결이 이어지다 보니 누군가 지쳐 잠든 순간 다들 이끌리듯 존 모양이었다.

저벅저벅, 황폐한 거리에서 누군가의 발소리가 들려왔다.

모두의 시선이 그쪽으로 쏠렸다.

발소리의 주인은 내가 예상한 인물이었다.

"지드!"

무심코 소리친 게 약간 부끄러웠지만, 그만큼 그의 승리가 기뻤다.

"말도 안 되는 것이다…… . 아버지가…… ."

수인들은 말을 잇지 못했다. 모두 가만히 서서 숨을 죽이고 지드를 바라볼 뿐이었다.

괴물이 겨우 잠들었다.

나는 오이토마의 배에 꽂은 주먹을 거두었다.

181

주먹을 수백 번이나 깊숙이 찔렀는데도 지금까지 버텼다. 정말 대단한 터프함이었다.

오이토마와 날 위해 치료사를 찾아다녔지만, 붕괴한 마을에는 사람 한 명 없었다.

마력도 거의 바닥 나서 탐지마법을 쓸 수도 없었다.

그때 쿠에나의 목소리가 들렸다.

"지드!"

내가 다리를 질질 끄는 걸 보자 바로 달려와 부축해줬다.

"아, 지쳤어……."

"길드의 수면실로 가자. 이런 상태로 왕국에 돌아갈 수는 없잖아."

"그래야겠다. 나도 한계야. 아 참, 오이토마에게도 치료사를 불러줘. 무슨 파란 지붕 집 근처에 쓰러져 있어."

나는 로니 일행에게 오이토마의 위치를 전달했다.

"……아, 알았다!"

수호자 한 명이 내 말에 어디론가 달려갔다.

그러나 나머지는 넋을 놓은 듯 제자리에 굳어있었다.

"애들은 왜 이래?"

"지금은 모른 척해줘. 다들 충격이 클 거야."

쿠에나가 미소 지었다.

"그래? 알았어."

이틀간 이어진 싸움 탓에 지칠 대로 지친 나는 깊이 생각하지 않고 넘어갔다.

◇

나 같은 평범한 수인도 지드의 이름은 들어본 적이 있다.

모험가 길드에서 추천을 받아 요란하게 S랭크가 된 모험가이기 때문이다.

모험가 길드는 최근 수인 사이에서 세력을 키워나가고 있는 조직이다. 나도 종종 이용하고 있다.

시민부터 국가의 의뢰까지 폭넓게 받으며, 다양한 일을 처리한다.

그들을 왜 '모험가'라고 칭하는지는 모른다. 처음 목적이 모험이었던 걸까? 지금도 모험하는 자들이 많으니, 이상하진 않다.

지드는 그 조직에서 최상위권 실력자로 스카우트됐다. 소문이 나는 건 당연한 일이었다.

하지만 지드의 유명세는 그뿐만이 아니었다.

지드가 용사로 선택됐다는 소식에 수인들의 분위기가 크게 달아올랐다. 단순히 소문을 떠드는 게 아니라 축제같은 분위기였다. 용사는 모두가 좋아하는 존재이니까.

더구나 수인은 마족과의 전쟁에서 도움을 받은 적이 있다. 그 일을 계기로 지금까지 인간과 동맹 관계를 유지하고 있다.

용사의 이야기는 수인만이 아니라, 어느 종족이라도 관심을 보일 안건이다.

누구든 용사를 꿈꾸기 마련이니까.

하지만 예상 밖의 일이 일어났다.

"지드가 용사가 되기를 거절했대!"

새로운 소문이 퍼지자 사람들은 순식간에 등을 돌렸다.

"겁쟁이."

"사실은 약한 거 아닌가?"

"제멋대로야."

"사람을 구하고 싶다는 마음이 없겠지."

모두가 그를 비난했다. 나도 비슷했다. 수인들은 그를 겁쟁이라 비난했다.

뉴스도 일방적으로 지드를 비난했다.

그러던 어느 날, 소문의 주인공인 지드가 수인족령에 왔다.

그 누구도 지드를 반기지 않았다. 하루 빨리 돌아가기를 바라며 모두가 그에게 차가운 시선을 보냈다.

츠비스 님이 놈을 붙잡는 모습은 속이 시원했다.

"역시 사자족이다!"

누군가가 그런 소리를 외쳤다.

그러나 머지않아 지드의 다른 소문이 들려왔다.

오우거의 습격에서 수호자가 오우거를 사냥하는 동안에 지드는 수인을 지켰다는 이야기였다.

지드에게 도움을 받은 수인들은 그를 옹호했다.

소문을 들은 나는 그의 행동을 이해할 수 없었다.

지금껏 그런 일을 한 자는 없었기 때문이다.

그에게 이유는 중요하지 않았다. 남을 돕는데 이유는 필요 없었다.

"지드라는 놈이 실은 굉장하대!"

그 사건 이후로 점차 지드의 호평이 들려오기 시작했다.

심지어 수호자들도 지드를 칭찬했다.

오우거 킹을 순식간에 쓰러트렸다는 이야기도 있었다.

이때까지만 해도 반신반의였다.

그런데 성제에서 오이토마 님이 지드를 지명했다.

"오오!"

나도 모르게 감탄을 흘렸다.

다들 기대감에 눈을 반짝였다.

정작 중요한 전투는 조금도 볼 수가 없었지만.

둘의 싸움은 일반인이 인식할 수 있는 영역을 아득히 뛰어넘고 있었다. 눈으로 본다고 이해할 수 있는 게 아니었다.

결국 그렇게 시간이 흐르고.

"지드가 이겼다……."

수호자 중 누군가가 그렇게 말했다.

"역시 그렇게 됐군!"

"말도 안 돼……."

상반된 반응이 여기저기서 뒤섞여 나왔다.

용사로 선택됐다는 게 허울은 아니었던 모양이다.

설마 오이토마 님을 이기는 생물이 있을 줄은 꿈에도 몰랐다.

◇

문득 밖에서 들려오는 소리에 나는 눈을 떴다.

주변을 둘러보니 나는 길드의 수면실에 누워있었다.

오이토마와의 싸움으로 지쳐 잠들었던 게 멍하니 떠올랐다.

여전히 몸이 나른했지만 나는 숨을 한 번 내쉬고 몸을 일으켰다.

(대체 무슨 소란이길래…….)

밖에서 사람들이 웅성대는 소리가 여기까지 들려왔다.

내가 문을 열고 나오자 갑자기 길드 직원이 달려와 날 막았다.

"지, 지드 씨. 지금 나오시면 안 됩니다! 잠시만 방에서 기다려 주세요!"

"나오지 말라고? 무슨 일인데?"

"그, 그게…….”

그러나 직원의 만류가 무색하게 날 발견한 수인들이 눈사태처럼 내게 달려왔다.

"오오! 저기 지드 씨가 있다!"

"악수! 악수해주세요~!"

"사인해주세요! 여기에!"

"난 네가 해낼 줄 알았어!"

(뭐, 뭐야……?)

격변한 수인들의 반응에 나는 당황했다.

근처에서 쿠에나가 만족스럽게 고개를 끄덕이고 있었다.

날 둘러싼 수인의 인파는 길드 밖까지 이어졌다.

"여러분, 진정하세요! 길드 안에서 이러시면 다른 분에게 폐가 됩니다! 밖에서 해주세요!"

""네~!""

(아니, 이 사람들을 말려야지! 날 내보내면 어떻게 해?!)

나는 수인들에게 이끌려 길드 바깥으로 나왔다.

결국 상황이 정리된 건 몇 시간 후였다.

아무리 대응해도 사람이 줄어들지 않았고, 배가 고팠던 나는 억지로 해산을 요청했다.

"힘들었겠네."

식탁 맞은편에 앉은 쿠에나가 기쁜 듯이 웃었다.

난 고기 경단을 입 안 가득 넣고 쿠에나에게 항의했다.

"알면 도와달라고. 마물 토벌에 나갔을 때보다 더 힘들었어."

"그래도 미움 받는 것보다는 이게 좋잖아?"

"그건 그런데……."

"나도 자랑스러워. 네가 오해받는 채로 있길 원하지 않으니까."

"나도 쿠에나를 향한 오해가 풀려서 기뻐."

"……! 으, 응……."

쿠에나가 얼굴을 빨갛게 물들이고 머리카락을 만지작거렸다.

"자, 그럼 슬슬 성검을 받으러 갈까."

나는 텅 빈 그릇을 반납 코너로 옮겼다.

그때, 느닷없이 쿵! 하고 폭음이 울려 퍼졌다.

"……?"

나는 쿠에나와 시선을 교환한 후 소리가 들린 곳으로 향했다.

"적당히 해! 너희는 졌잖아!"

"닥쳐라! 오이토마가 잠들어 있는 지금이 기회란 말이다!"

현장에 가보니 츠비스가 로게스와 말다툼하고 있었다.

로게스 곁에는 사자족이 여럿 있었고, 츠비스는 등 뒤에 세네리아를 숨기고 있었다.

"네놈의 패배는 불문에 부쳐주지! 그러니 세네리아를 넘겨라. 그리고 이 다시없을 기회에 우리와 함께 오이토마를 죽이는 거다!"

"바보 같은 소리! 그런 짓을 해서 뭘 얻을 수 있지?!"

"오이토마를 죽이면 내가 최고전사가 되는 거다! 사자족이 정점으로 되돌아갈 수 있단 말이다!"

"그렇게 다른 종족에 최고전사 자리를 빼앗길 때마다 비겁한 수법을 쓸 생각이냐?!"

로게스의 손에는 어중간하게 풀린 수갑이 달려있었다.

아무래도 사자족 수호자의 배신으로 감옥을 빠져나온 모양이었다.

"끝가지 거절하겠다면…… 힘으로 따르게 해주마!"

"잠깐."

나는 구경꾼들 틈에서 빠져나와 둘 사이에 끼어들었다.

"지, 지드 씨⋯⋯!"

(지드 씨?)

난 무심코 츠비스를 바라보았다. 전에 만났을 때는 이런 태도가 아니었잖아? 내게 경의가 생겼나?

"방해하지 마라, 인간! 이건 수인족의 문제다!"

로게스는 내가 끼어들면 종족 간의 문제로 삼을 생각인 듯했다.

나는 츠비스와 세네리아를 바라보며 말했다.

"저번에는 거절했지만, 이번에는 너희를 도울 수 있어. 내게 의뢰할래?"

"네! 저와 오빠를⋯⋯ 저들로부터 지켜주세요!"

세네리아가 말했다.

원래는 의뢰 신청 절차가 있지만, 지금은 그게 중요한 게 아니니까.

"인간⋯⋯! 제정신이냐?!"

"내가 너희를 막는 게 아니야. 여기 있는 수호자를 돕는 것뿐이지."

나는 츠비스를 눈으로 가리키며 말했다.

츠비스도 고개를 끄덕였다. 로게스가 트집을 잡으려 해도 츠비스가 증인이 되어줄 것이다. 대의는 우리에게 있다. 만약 그래도 일이 꼬이면⋯⋯ 그때는 리프에게 사과해야지 뭐.

"오히려 너야말로 제정신인 것이냐? 로게스?"

소란을 듣고 왔는지 로니가 끼어들었다.

"로니……! 따지고 보면 네놈들 일족이!"

로게스가 로니에게 다가갔다.

나는 몸으로 그를 가로막았다.

"네 상대는 나야."

"끄으……!"

"상황 파악이 안 되는 것이냐? 아버지를, 오이토마를 쓰러뜨린 건 지드인 것이다."

"그딴 건 중요하지 않아! 난 해야만 한다! 사자족이야말로 지고 의 수인이란 말이다! 어차피 이놈도 오이토마와의 싸움으로 지쳤 을 터! 사실은 싸울 기력도 없겠지!"

로게스는 포기하지 않았다.

"대단한 집념만은 인정해줄게. 하지만 네 고집 때문에 다치는 사람들이 생겼어. 넌 도를 지나쳤어, 로게스."

나는 발을 앞으로 내밀며 로게스에게 주먹을 날렸다.

로게스가 땅을 흔들며 지면에 처박혔다.

"더는 떠들지 마라."

한동안 못 일어날 것이다.

"오오, 일격인 것이다."

로니가 땅에 처박힌 로게스를 보며 감탄했다.

"역시 아버지를 쓰러뜨린 남자는 다른 것이다."

요놈요놈, 이라며 로니가 손가락으로 쿡쿡 찔렀다. 간지럽다.

"언젠가 내가 널 쓰러뜨리는 것이다, 지드."

아니, 왠지 살기가 섞여 있는데.

아무래도 내가 오이토마를 쓰러뜨린 게 로니의 의욕에 불을 붙인 모양이다.

"아니, 내가 쓰러뜨린다. 그리고 명실공히 최고전사가 되겠어!"

이번에는 츠비스가 끼어들었다.

"뭐…… 두 사람 다 기대할게."

둘 다 뛰어나니까, 분명 최고전사가 될 수 있을 것이다.

"저기, 지드. 끝났어?"

쿠에나가 실신한 로게스를 바라보며 물었다.

"너희, 만족했지?"

내가 묻자 그들은 얼굴이 새파랗게 질려 고개를 끄덕였다.

"그럼 성검을 돌려받고 돌아가자. 로니, 괜찮겠지?"

"음. 문제없는 것이다. 내 집에 오는 것이다."

로니가 앞장서고 우리 둘은 그녀의 뒤를 따라갔다.

뭐랄까…….

"이런 곳에 있었나. 성……인가?"

츠비스의 집도 컸지만, 로니의 '집'은 한층 더 컸다. 그보다 넓다. 그리고 물건이 이것저것 많았다.

"말했잖아. 인간으로 치면 왕족이라고."

"나하하. 놀란 것이냐? 살기 좋아서 돈이 잔뜩 들어가도 나갈 마음이 안 들어 눌러앉고 마는 것이다. 뭐, 적당히 쉬다가 가는 것이다."

로니의 안내를 받아 큰 거실에 도착했다. 아아, 아니지, 객실이라고 했나? 내가 묵고 있던 숙소의 객실보다 큰데…….

"왔는가."

오이토마가 우릴 맞이했다. 그는 곳곳에 붕대를 감고 있었다.

"아파 보이는데?"

"후후, 도리어 네가 멀쩡한 게 의아할 정도로군. 나도 회복에는 제법 자신이 있는데 말이야."

"상처도 피로도 지옥에서 실컷 맛보고 왔거든."

말할 것도 없이 금기의 숲속과 기사단이다.

쿠에나도 눈치챘는지 큭큭 하고 웃었다.

"인간 여성이여. 잠시 자리를 비켜주지 않겠나?"

"나?"

지명 당한 것이 의외라는 듯이 쿠에나가 자신을 가리켰지만, 이내 표정이 진지한 오이토마를 보고 어깨를 으쓱이고는 방에서 나갔다.

쿠에나가 방에서 나가자 오이토마가 자세를 흐트렸다.

로니는 우리를 안내해준 뒤에 차를 준비하러 나갔기에 방에는 나와 오이토마 둘만이 남았다.

"훗, 설마 날 쓰러뜨릴 줄이야."

"어어……."

"하하, 경계하지 마라. 잡아먹으려는 게 아니다."

그런 어려운 부탁을.

쿠에나를 물리친 이유를 듣기 전까지는 경계할 수밖에 없다. 주민들에게 인정받았다고 해도 이곳이 타지라는 것은 틀림없으니까.

"아아, 고용인에게는 로니도 당분간 가까이 오지 못하도록 하라고 말해뒀네."

그리고 오이토마가 마법을 전개했다. 방음을 위한 것이었다.

"자 그럼, 어디부터 이야기할까. 미리 말해두겠지만 난 네가 좋다."

"엑."

반사적으로 손으로 엉덩이를 가렸다.

하지만 오이토마는 어이없다는 듯 한숨을 쉬었다.

"착각하지 마라. 그런 뜻이 아니다."

"다, 다행이다."

진심으로 안심했다.

"내 말은 네가 마음에 든다는 의미다. 수인은 예부터 강한 녀석을 좋아했다. 옛날에는 적대하던 용사마저 좋아했지."

"그건 들었어."

"그런가. 그럼 그걸 전제로 두고 이야기하지. 아마 머지않아 널 죽이려는 자들이 나타날 거다."

"……뭐?"

누가? 왜?

"짐작이 가질 않는 모양이군. 뭐, 당연한가. 너는 어째서라고 생각하나?"

"……원한 때문에?"

"그게 동기가 될 수는 있겠군. 하지만 아니다. 네가 '너무 강하기 때문'이다."

오이토마는 담담하게 말했다.

"왜 그렇게 되지?"

"만약 네가 강한데다가 세계 지배를 획책하는 남자라면 어떻겠나?"

"아니, 그건…… 위험한데."

"그렇지. 이건 극단적인 예다. 하지만 절대적인 법칙이기도 하다. 이 세상은 누가 뭐라고 부정하든 약육강식이라는 사실에 변함은 없다."

당연하게 먹고 있는 고기도 생명을 빼앗아 나온 것이다. 흔한 마물 토벌 의뢰도 인간의 생존권을 확대하기 위한 것이다. 사람의 생활은 전부 힘을 전제로 하고 있다.

그건 이해하고 있다.

"그래서?"

"그들 눈에는 네가 위험해 보인다는 거다. 인간의 진짜 힘은 뭉칠 때 드러나는 법이지. 반면 수인이나 마족은 각자가 강한 만큼 결속이 약하다. 그게 세계의 균형이다. 그런데 강한 인간이 나타나면 어떻게 될까. 혹은 수인의 수가 인간만큼 늘어난다면? 바로 세계의 세력도에 변화가 일어난다."

"그럼 마족이 날 노린다는 건가?"

"아니, 방금 한 말은 종족 단위로 봤을 때의 이야기다. 너는 좀 더 세세한 시점으로 봐야해. 나라와 조직, 그리고 개인의 시점으로."

"……?"

"네 존재가 거슬린다고 느끼는 자가 적지 않을 것이라는 이야기야."

오이토마는 진심이었다. 그는 내가 누군가에 의해 노려질 걸 확신했다.

"그럼 누가 날 노리는 건데?"

"글쎄다."

"뭐?"

정작 중요한 걸…….

아니, 알고 있었으면 오이토마도 가르쳐줬을 것이다. 이건 그저 내게하는 충고다.

"이건 내 추측일 뿐이다. 어쩌면 아무 일 없을 수도 있지."

의미심장한 웃음이다.

"하지만 일부러 나에게 전했다는 건 뭔가 근거가 있는 거지?"

"용사와 마왕의 싸움을 보면 알 수 있다. 그들은 자기 종족 중에서도 특출나게 강한 자들이지. 그리고 그들이 싸우면…… 양측 모두 예외 없이 죽었다."

"그건 전쟁이라서 그런 거잖아?"

"그렇게 생각하나? 그럼 왜 인간은 계속 싸우고 있지?"

"그야 마족이 침략하기 때문이지."

"몇 번이고 몇 번이고. 긴 역사 속에서 한 번도 끊임없이?"

오이토마의 의문은 나도 이상하게 생각한 적은 있다.

마족이 그렇게 어리석었나.

그들도 바보는 아니다. 본능으로 사는 마물과는 다르다.

"그래서 오이토마는 무슨 말을 하고 싶은 거야?"

"인간도 마족도 수인족도, 누군가에게 떠밀려서 싸우고 있는 게 아닌가 해서 말이다. 아니, 조금 다르군. 마치 누군가에게 조종당하는 기분이다."

"어떻게? 어째서?"

"예를 들어 수인 중에는 최고전사가 되기 위해서라면 죽음도 불사할 놈들은 얼마든지 있다."

"명성이나 부를 위해서 움직이는 사람들이 있지."

내가 말하자 오이토마가 정답이라는 듯이 고개를 끄덕였다.

"그래. 생물은 욕심이 끝이 없으니까. 누구든 자신의 지위를 위협받으면 위기감을 가지기 마련이지. 그 불안을 부추기면 어느 정도는 유도할 수 있다. 이번에 네가 용사로 선택받은 것도 작위적이라는 느낌을 심하게 받았어."

그리고 오이토마가 나에게 말했다.

"용사는 여신의 신탁으로 선정된다고 하지. 그런데 정말로 그 게 여신의 신탁인지는 어떻게 알지? 누군가가 도중에 외곡 할 수 도 있는 거 아닌가? 애초에 그 신탁은 정말 여신의 의지인가? ……자, 이쯤 하면 너도 알 것 같은데. 네 주변에 수상한 녀석들 이 보이지 않나?"

오이토마는 이때만 조심스럽게 말했다.

자칫 잘못하면 내 주변 사람에 대한 모욕이 되기 때문일 것이다.

하지만 그는 단순히 날 걱정해서 말할 뿐인 것 같으니 화는 안 났다.

"수상한 녀석이라……."

"길드의 마스터는 어떤가? 그 녀석은 전 현자다. 전 용사의 최 후를 봤지. 혹은 죽도록 꾸몄을 가능성도 있어."

"리, 리프가? 아니, 말도 안 되지. 그 녀석은 여러모로 날 도와 줬어."

"그렇게 믿도록 유도한 건 아닌가? 길드는 정말 편리한 조직이 야. 랭크 제도는 누군가에게 칭호를 주는 것만으로 명성도 부도 모을 수 있는 효율적인 구조이지. 그리고 조직에 방해되는 모험 가는 랭크를 박탈하면 끝…… 그렇지?"

"……."

"그리고 네 옆에 있는 빨간 머리 인간도 그렇다. 정말로 믿을만 한가? 길드 마스터가 보낸 간첩이 아닌가?"

그런 식으로 따지면 쿠에나는 루이나와도 연결이 있다.

만약 쿠에나가 적이라면…….

"오이토마, 이제 그만하자."

최대한으로 웃음을 지었다.

그게 어떤 표정이 되었는지는 나는 알 수 없다.

그래도 딱 하나 확실하게 알 수 있는 것이 있다.

쿠에나가 적이라는 건 있을 수 없는 일이다.

"……그래. 네가 내 말을 들은 것만으로도 의미가 있다. 그리고
이건 알아둬라. 우리 수인족은 그런 일과는 무관하다. 그러니 뭔
가 곤란한 일이 있으면 이곳으로 와라. 다들 널 마음에 들어하는
것 같으니 말이다. 물론 이 말을 믿을지는 네게 달렸지만."

"그래, 고마워."

오이토마의 이야기는 확실한 증거가 없다. 그것만으로 의심하
고 다닐 수는 없다.

하지만 오이토마가 터무니없는 거짓말을 했다고 생각하기도
어렵다. 가능성이 없는 건 아니니까.

……무심코 경계심을 품는 내 자신이 조금 싫어졌다.

그 후로 성검을 받고 수인족령을 떠나려는 우리에게 츠비스와
세네리아가 찾아왔다.

"둘 다 무슨 일이야?"

혹시 로게스 일행이 다시 손을 댄 걸까. 그들의 어두운 표정이

그런 걱정을 불러일으켰다.

"세네리아한테 들었어. 너한테 몇 번이나 의뢰했다가 취소하길 반복했다고."

"으으, 지드 씨가 민폐가 되는 행동 때문에 난처해하고 있는 줄은 몰랐어요. 일부러 그런 게 아니에요. 죄송합니다."

츠비스가 사정을 짐작했을 것이다.

그걸 또 굳이 사과하러 오다니, 성실한 녀석들이다.

"괜찮아. 난 신경 안 쓰니까."

"하지만……."

세네리아는 아직 마음에 걸리는 모양이지만, 나는 진심으로 의뢰를 해준 사람이 이런 걸로 괴로워하지 않기를 바란다.

"난 세네리아가 의뢰를 해준 게 기뻤어."

"네……?"

"이제 내게 진지하게 의뢰하는 사람은 없는 걸까 하고 생각하던 차였거든. 그런데 세네리아 덕에 그렇지 않다는 걸 알게 됐지."

지금 말하면서 깨달았는데 당시의 나는 무의식중에 약간 단념하고 있었던 모양이다. 조금 부끄럽다.

세네리아는 어린 나이에 어울리는 해바라기 같은 웃음을 지어 줄…… 줄 알았는데, 오히려 애절한 표정을 지었다.

"지드 씨는 대단하고 멋지니까…… 그런 걱정 안 해도 돼요."

심성이 착한 아이군.

"괜찮아. 지드를 믿어주는 사람들은 많으니까. 세네리아는 걱정하지 말고 웃으면서 이 녀석을 배웅하면 돼."

쿠에나의 말대로다. 난 슬픈 얼굴로 헤어지고 싶지 않다.

가능하면 서로 웃으며 만족하고 돌아가고 싶다.

그리고 다시 만날 때 같은 표정을 지을 수 있도록.

"──! 네! 이번엔 어려운 의뢰에 응해주셔서 정말, 정말, 정말! 감사합니다!"

세네리아가 힘차게 머리를 숙여 인사하고 웃는 얼굴로 배웅했다.

"이제야 돌아가는구나."

쿠에나가 마차에 짐을 실으면서 말했다.

"그래, 어서 성검을 스피에게 돌려줘야지. 모처럼 수인족의 영토에 있으니까 여행도 해보고 싶지만."

"그뿐만이 아니야. 인간 중에는 지드가 싫다는 사람들은 아직 잔뜩 있을 테니까."

"아…… 그랬었지."

그들은 내가 용사를 거절한 것만으로 그렇게 싫어하는 걸까.

혹시 누군가가 선동하고 있나?

내가 민중의 의견을 존중하도록 강제하고 있는 건가?

"왜 그래?"

쿠에나가 얼굴을 들여다봤다.

약간 뜨끔했다.

이런 걸로 고민하고 싶지 않은데, 머리 한구석에 넣어두기만 했던 생각이 자꾸 올라왔다.

"아무것도 아냐. 그냥 쿠에나가 좋구나 싶어서."

"어……?!"

아, 이런. 사정을 설명하기 어려워서 적당히 얼버무리려 했는데 터무니없는 사실을 고백해버렸다.

"그, 그그그, 그건…… 고, 고마워……."

"아니, 그게……."

나는 쿠에나의 손을 잡았다.

뭔가 이런저런 것들이 너무 많이 쌓여서 마음이 폭발했다.

"난, 쿠에나가 진심으로──."

"자, 잠깐만!"

쿠에나가 내 말을 막았다.

"그 전에, 실라는…… 어떻게 생각해?"

"……………좋아."

"……………그, 그래."

어딘지 복잡한 듯한 얼굴이다.

"저기…… 크제라 왕국은…… 일부일처제야."

"어흠……."

쿠에나의 말이 가슴에 박혔다.

아니, 그래도…… 에잇, 어차피 난 고를 수 없어! 그냥 내걸 자를게! 그렇게 하자!

그렇게 혼자 폭주하고 있으니 쿠에나가 손을 맞잡았다.

"하지만 웨이라 제국은 일부다처제……야. 지드를 위해서라면…… 나, 나는…… 그 나라에…… 돌아갈 수 있어."

엄청 귀여웠다.

그날의 마차는 굉장히 느렸다.

후기

지오입니다.

살고 있던 공동주택에서 쫓겨났습니다. 노후화가 심각해 철거하고 새로운 공동주택을 만든다고 합니다. 입지가 나쁘고, 방은 작고, 근처 대학생이 야단법석을 떠는 곳이었지만, 그래도 전 그곳이 마음에 들었습니다. 굉장히 슬픕니다.

심기일전하여 입지가 그럭저럭 괜찮고 방도 약간 크고 주변에 자연도 있는…… 그런 집을 골랐습니다. 아직 집에 정이 들지 않고 여러 절차가 남았지만, 언젠가는 마음에 들겠죠.

아무래도 좋습니다만, 최근 자전거 타는 법을 잊어버렸습니다.

이상, 개인적인 일이었습니다.

이번에도 관계자 여러분과 독자 여러분께 감사를 드리면서 끝내고자 합니다. 감사합니다.

THE SLAVE OF THE "BLACK KNIGHTS" IS RECRUITED BY THE "WHITE ADVENTURER'S
GUILD" AS A S RANK ADVENTURER Vol.05
©2021 Jio
First published in Japan in 2021 by OVERLAP, Inc.
Korean translation rights reserved by Somy Media, Inc.
Under the license from OVERLAP, Inc., Tokyo JAPAN

악덕 기사단의 노예가 착한 모험가 길드에 스카우트 되어 S랭크가 되었습니다 5

2023년 02월 15일 1판 1쇄 발행

저　　　자 지오
일 러 스 트 유우야
옮 긴 이 박정철
발 행 인 유재옥
본 부 장 조병권
편 집 1 팀 김준균 김혜연
편 집 2 팀 박치우 정영길 정지원 조찬희
편 집 3 팀 오준영 이해빈
편 집 4 팀 박소영 전태영
라이츠담당 김정미 맹미영 이윤서 이승희
디 지 털 김지연 박상섭
미　　　술 김보라 박민솔
발 행 처 ㈜소미미디어
인쇄제작처 ㈜코리아피엔피
등　　　록 제2015-000008호
주　　　소 서울시 마포구 토정로222, 403호 (신수동, 한국출판콘텐츠센터)
판　　　매 ㈜소미미디어
마 케 팅 박종욱
영　　　업 박수진 최원석 한민지
물　　　류 백철기 허석용
전　　　화 (02)567-3388, Fax (02)322-7665

ISBN 979-11-384-3586-4
ISBN 979-11-384-0731-1 (세트)